獣の理

KANO
NARUSE
成瀬かの

CHOCOLAT
BUNKO

ILLUSTRATION 円陣闇丸

CONTENTS

季節は三月、梅の花は終わり、桜まではまだまだという時分《じぶん》。木々の間を吹き抜けてゆく寒々《さむざむ》しい風の音を、粟野聖明《あわのきよあき》は意味もなく笑《え》みを浮かべ聞いていた。

一応都内ではあるが外れの方に位置する聖明の家は、小高い丘の半《なか》ばにある。

家の裏手にある庭からの眺めは悪くない。田に水を引いたばかりの春先ならば眼下に水月《すいげつ》が望めるし、空気が澄んでいるおかげで遠くに連《つら》なる山々の稜線《りょうせん》も鮮明だ。

その夜、仕事帰りに軽く同僚と飲んだ聖明は、家に帰りつくとまた父秘蔵《ひぞう》の濁《にご》り酒《ざけ》を手に庭に出た。月がとても綺麗だったからだ。

寒いのでスーツにコート姿のまま崖《がけ》近くの草地に座り込む。狸《たぬき》だろうか、小さな獣《けもの》がかさこそと草葉《くさば》を鳴らす他には何の音もしない。

夜空を背景に黒々と浮かびあがる家もひっそりと静まり返っている。まるで世界に聖明一人しか存在しないかのようだ。

それも悪くないと聖明は思う。自分一人しかいないならこの月を独占できる。

満月の光を頼りに、聖明は一升瓶《いっしょうびん》からコップに酒を注《そそ》ぐ。

くどい口当たりが苦手で濁り酒はずっと敬遠していたのだが、この酒はとても美味《びみ》で聖明はすっかりはまってしまっていた。

冬にしか販売されない新潟《にいがた》の酒。アルコール度が高く、飲み下すとがつんとクる。勝手に飲むなと釘を刺されていたが、咎《とが》める父は今、いない。

うん、いい、気分だ。

聖明は見事な満月を肴《さかな》に速いペースでコップを干す。そうやって小半時《こはんとき》も経った頃だろうか。

ふと横に顔を向けると、見知らぬ男が聖明と同じように崖下を見下ろし立っていた。

日本人には持ち得ない、肉厚な体躯《たいく》に彫りの深い顔立ち。顎《あご》ががっしりとしており、意志の強さを感じさせる。

髪も瞳も黒い。

男が身にまとっている服は全て皮でできているようだ。逞《たくま》しい胸と腰のラインにぴったりフィットするよう巧《たく》みに縫い合わされた黒い上着は長さが膝近くまであり、まるで西欧の騎士のようなストイックなラインを描いている。

男は防寒のためか肩に見事な毛皮を巻き付けていた。肘から先には籠手《こて》のようなものを、やはり皮紐で縛り付けている。

背に負っているのは大剣のようだ。暗いのでよく見えないが、細かい傷が刻まれ、使い込まれた感がある。作り物めいた嘘くささがまるでない。

すごいな、と聖明は思った。

こんな格好で何食わぬ顔して他人の家の庭に侵入するなんて。

「あんた、何？　何その格好。何かの撮影？　それとも、アレ？　コスプレってやつ？

なんでこんな辺鄙《へんぴ》な場所で、おまけに夜中にやってんだ?」

酔いも手伝い、聖明は無頓着《むとんちゃく》に話しかけた。男はゆっくりとこちらへ顔を向ける。

目が合った瞬間、鳥肌が立った。

男の目は、まともではなかった。無機質で、どこまでも虚《うつ》ろ。おまけにぞっとするような凄みをそなえている。

すごい演技派だ。役になりきっている。

おもしろい。

聖明が興味の赴《おもむ》くまま手を伸ばすと、男は慌てた風もなく一歩退《しりぞ》いた。その頭の上で一対の耳がひくりと動く。

黒いので闇にまぎれていたが、なんとこの男は犬のような耳まで付けていた。尻にふさふさの尻尾《しっぽ》も生やしている。ひく、ひくと動いているように見えるのは目の錯覚だろうが、それにしても、リアルだ。

「随分凝《こ》ってるなー」

怪訝《けげん》そうに太い首を傾げ、男は再び崖下を見下ろした。川を挟んで広がる田畑と時折トラックが走り抜ける国道が狭い谷にちんまりと収まっている。谷を抜けた向こうには鉄道とモノレールが交差するターミナル駅があった。町は大きく、きらめく灯りの数も多い。

「ここは、どこだ」

初めて男が口を開いた。見た目にふさわしい、渋くて低い声だ。響きがよく、異様な迫力がある。

「俺の家の庭だよ。あんた道に迷ったのか？」

「おまえ、尾はどうした。欠けたのか？」

男は問いかけを無視し、身を屈めて聖明の匂いを嗅いだ。犬のような仕草《しぐさ》に聖明は笑った。

「何言ってんだ。俺はこの家の住人だ。コスプレなんかしない」

男は信じなかったらしい。不意に伸びてきた手に尻を探られ、聖明はひゃあと間の抜けた声を上げた。次いで男は耳を摘み、耳殻《じかく》の皺《しわ》を伸ばそうとする。

「猿……の一族、か？」

真剣な顔で首をひねられ、聖明は唇を尖らせた。

「勝手に人の家の庭に入って来て猿呼ばわりするなんて失礼な奴だな。あんた、一体どこから入ってきたんだ」

男は辺りを見回しながら顎を撫でている。

「おそらく門《ゲート》を潜《くぐ》り抜けて、だろうな」

「え、本当に？　鍵あけっぱになってた？」

庭から通りに直接抜ける潜り戸には常に施錠《せじょう》しておくよう気を付けていた。

この庭は崖に面しているので、人が迷い込んだら危ない。立ち上がろうとしたものの、聖明はそのままへたりと崩れてしまう。

飲み過ぎて足にキてしまったらしい。

情けない聖明の様子に低く笑うと、男もくたびれたようにその場に膝を突いた。上衣の前をくつろげ掌《てのひら》で服の中を探っている。低い呻き声の後翳《かざ》された掌はどす黒い液体で汚れていた。

血、だろうか。

聖明の耳の奥に、わあんと羽音めいた音が生じる。

凝固《ぎょうこ》しゼリー状になったそれに、男が唇を寄せた。

奇妙に薄く長い舌が閃《ひらめ》き赤黒い物を舐《な》め取る様子はどこか禍々《まがまが》しく、聖明は思わず身震いする。

何を、しているんだろう、この男は。

何か変な気がする。この男は本当に仮装を楽しんでいるだけなんだろうか。

「怪我《けが》……してんのか？」

「……」

男は答えない。

聖明はコップに酒を注《つ》ぎ足《た》し差し出した。

「気付け薬、飲むか？」

男は数度瞬《またた》いたが、メーカーのマーク入りの安っぽいコップを受け取り匂いを嗅いだ。少し舐めてみてから一気に飲み干す。

「……すばらしく上等な甘露《かんろ》だな」

「うまいだろ？　もっとイく？」

「もらおう」

血の匂いのする男が持つコップに、聖明は酒を注ぐ。男はそれをも一気に喉に流し込むと、改めて辺りを見回した。

「ここは戦いの匂いがしないな。アシルの縄張《なわば》りからは遠いのか？」

「足留《あしる》って、何だ。ヤクザ屋さんか？」

今時縄張りなどという言葉を使うのは、ヤクザか野生動物くらいなものだろう。そう聖明は思ったのだが、今度は男が首をひねった。

「ヤクザヤ？　いやアシルは俺たち一族の王の名だ」

「王様！」

ああ、コスプレの配役か。

「あんたは？　何の役なんだ？　戦士とか騎士っぽいが」

「近衛《このえ》の騎士だ。王の傍近《そばちか》くに仕《つか》えている。おまえ、アシルの名は知らなくても、戦《いくさ》の噂くらいは耳にしているのだろう？　どの方角に向かえば戦場に戻れるのか、教えてくれ。ここの星は、俺には読めん」

　酔いがまわったのだろう、ぐるぐる回り始めた世界に耐えかね、聖明は草の上に寝転がった。

「はは、俺にわかる訳がないだろう。架空の国の戦争なんて」

「架空の、国だと……？」

「ＲＰＧか何かなんだろ？　それともネトゲ？　俺、最近ゲームとかやってないから、あんたがどーゆー返答を求めているのかわからないな」

　黒い尻尾が苛立たしげに地面を叩いた。

「難しい事を聞いているつもりはない。知りたいのは帰り道だ」

「だからない国には帰れないってゆってんの。あんたが言っているのはお話の中の世界だろ？」

「なぜそう思う」

「だってあんたみたいな珍妙《ちんみょう》な衣装で戦争をする奴なんていやしない。それに今時、大剣なんて……！」

　聖明は思わずぷ、と吹き出した。ゲームの中では格好良いが、戦車やら戦闘機やらが幅を利かせている現代の戦場に出たら、大剣を操る騎士など瞬殺されるに違いない。

「大剣を使うのがおかしいか」

男が放つ物騒《ぶっそう》な気配に肌がちりちりしてくる。

「いやいやいや。いいんじゃないか？　何を使おうが個人の自由だからな。でも俺はあんたがハマってる世界のベースを知らないからあんたに話を合わせられない。もう夜中なんだし、いい大人が仮装してごっこ遊びするのはどうかと思うぞ。変な耳尻尾まで付けてさ」

「この耳と尻尾の事か？　俺の尻尾が変だと言うのか」

ふわっと男の尻尾が膨らんだ。殺気《さっき》立った目が聖明を射抜《いぬ》く。

聖明は眠くなってきた目を拳《こぶし》で擦り、大きなあくびをした。

「――そ。あんたには似合っているが、それで人前には出ない方がいい。イっちゃってる人だと思われるからな。日本ではアミューズメントパーク以外で耳尻尾付ける人なんていないんだし」

男はしばらく尻尾を突っ張らせたまま聖明の言葉を反芻《はんすう》していたが、やがてぼそりと呟いた。

「……つまりこの一帯には、おまえの一族しかいないと、そういう事か？　尾のある種族は珍しい？」

「一族？　親族って意味なら俺にはいない。俺はあの家で一人で暮らしてんだ」

闇の中にうっそりと佇《たたず》む家を、聖明が指差す。男は振り返りじいっと家を凝視していたが、また聖明を見下ろした。

「寝るなら家の中に戻った方がいいぞ。ここは寒い」

親切心から言ってくれたのだろうが、聖明は寒さなんて感じていなかった。冷たい空気が火照《ほて》った躯《からだ》に快《こころよ》く、濁った頭の中まで浄化するようだ。

「でも、まだ、酒が残ってる」

聖明が寝転がったまま濁り酒を引き寄せ不器用にコップに注ごうとすると、男が手を貸した。

「どうも根本的なところで何かが間違っているようだ。状況を確認したい。おまえの着ているこの服、これがこの辺りでは一般的な衣装なのか？」

ともすれば霧散《むさん》せんとする意識を凝らし、聖明は答える。

「そ。サラリーマンの戦闘服。スーツとネクタイ、ワイシャツにコート」

「戦闘服、という事はおまえも戦士なのか？　武器は何を使う」

「んー……、このオトコマエな面《ツラ》と巧みな話術とノートパソコン、かな……？」

とうとう我慢できなくなり、聖明はコートを掻き寄せ丸くなった。ああ俺は酔っぱらって眠りに引き込まれつつあるのだとぼんやりと知覚する。とても気持ちがいいが、男の言う通り朝までこんな所で眠っていたら凍死してしまうだろう。わかっていたが、起きる気にはなれなかった。

「おまえの言う事はさっぱり理解できない。おい、寝るな。起きろ。まだ聞きたい事がある」

「んう」

月が煌々《こうこう》と光っているのに、空に白いものがちらちら舞っている。

雪だ。

綺麗だなと思いつつ聖明は目を閉じた。

「おい！」

何か怒鳴っている声が聞こえたような気もしたが、聖明は気にせず睡魔に身を任《まか》せる。どうなっても、よかった。聖明にとっては生も死もリアリティに欠けている。

＋　＋　＋

朝だ、と。

心地《ここち》よい微睡《まどろ》みの中、聖明はぼんやりと知覚する。

瞼《まぶた》の裏が明るい。

鮮烈な朝の光から逃れようと聖明は毛布を引っぱり上げ、ふと気付いた。

どうしてこんなに静かなんだろう。

いつも聖明が目覚める頃には、母が台所に立っている。味噌汁の具を刻《きざ》む包丁《ほうちょう》の音、それから、餌《えさ》をせがむ小鉄《こてつ》の甘い鼻声――。

聖明は毛布の下で目を開いた。

家の中はやはりしんと静まり返っている。誰も、いない。母も、父も、小鉄も――。

聖明はのろのろと起き上がると、自分の格好を改めて見た。驚いた事に聖明は昨夜、スーツの上にコートを着込んだまま寝てしまったらしい。

黒いコートには点々と白いシミがはねている。濁り酒の、残滓《ざんし》だ。派手にこぼしたのだろう、アルコールのきつい匂いが鼻を突いた。動く度こめかみがずきんと痛み、昨夜の己《おのれ》の所行《しょぎょう》を反省しろと訴える。

「…………ふ」

こめかみを軽く揉みながら布団を引っ張ろうとして、聖明はつと動きを止めた。

布団の中に大きな犬がいる。

「……小鉄？」

聖明はあっけにとられ、死んだように寝こけている犬を見つめた。

犬は黒いバックスキンを接《つ》ぎ合《あ》わせたようなものにくるまり、首周りに虎《とら》っぽい柄の毛皮を巻いていた。

普通の犬に比べ桁違《けたちが》いに大きく、伸びをさせたら聖明と同じくらいありそうだ。

家で飼っていた小鉄もシベリアンハスキーの雑種で大きかったが、それより一回り以上大きい。

――こいつは小鉄じゃない。

一目でそうわかったのに、聖明はゆっくりと身を屈めてもふもふの毛皮に顔を埋《うず》めた。

大型犬はただ可愛いだけではない、危険な生き物だ。不用意に刺激したら大怪我をしかねない。そう頭の隅《すみ》で思いつつも我慢できず、聖明は指でみっしりと密生《みっせい》した毛を梳《す》く。

それから顔を上げ、空気の匂いを嗅いだ。

犬は妙に血腥《ちなまぐさ》かった。

聖明は犬がくるまっていたものを引《ひ》っ剥《ぺ》がして背後に投げると、小鉄に似た、黒に銀の混じった毛並をかき分けた。首周りや背中を探り、腹側まで手を伸ばす。やがて指先に、固まってがびがびになった毛が触れた。

「ひどいな……」

犬の腹は、傷だらけだった。毛をかき分けると、深く抉《えぐ》られた肉が露出《ろしゅつ》する。どれも出血は止まっているようだが、放っておいていいレベルの怪我には見えない。聖明にこれだけ触られても目を覚まさないという事は相当弱っているのだろう。

――このまま、死んでしまうのだろうか――。

どくん、と、心臓が跳《は》ねた。

そんなのは――いやだ――。

聖明は背中を丸め、無意識に両手で耳を塞いだ。

「落ち着け……。落ち着け、落ち着くんだ……」

焦っても何にもならない。深呼吸を繰り返し、聖明は考える。確かかつて母が小鉄を獣医に連れて行った事があった。どこかに病院の電話番号が控えてある筈《はず》だ。これだけ大きいと、自分一人の力で車まで運ぶのは難しい。往診は頼めるだろうか――。

やらねばならない事がたくさんあるのに、聖明は、いつの間にか憑《つ》かれたようにシーツに付いた犬の血を凝視していた。

指先に触れる黒い犬の躯は柔らかく、あたたかい。ゆっくりと膨らんでは縮む胸郭《きょうかく》の動きがまるで催眠術のように聖明を忘我《ぼうが》の淵《ふち》に誘い込む。

どれだけの間そうしていただろう、やがて目を覚ました犬が身じろぎ、瞼を開いた。大きな黒い瞳が眠たげに周囲を眺める。

だが聖明に気付いた次の瞬間、犬は全身の毛を逆立て、跳ね起きた。

あまり人に慣れていない犬だったらしい。噛まれるのかもしれないなと聖明はぼんやりと思う。

素早く距離を取った犬は、四肢を踏ん張り聖明を睨《にら》み付けた。低く唸り、――それから、姿を変える。

変える――文字通り、変身したのだ。

聖明はその一部始終を、布団の上に座り込んだまま眺めていた。まるで、夢でも見ているようだった。

時計の秒針が半分も回らないうちに大きな犬の姿が消え、極めて長身の男性が現れる。

男は顔を上げると、聖明を睨み付けた。――全裸で。

「み――見た、な」

聖明は首を傾げた。

男はどうやら聖明が『見た』事を怒っているようだ。だがその割には前を隠そうともしない。

「見られたくないんなら、隠せばいいだろ」

「おまえが酒など勧めるからだ！　大体――くそっ」

男の躯がぐらりと揺れる。貧血を起こしたかのように畳に片手を突き、つらそうに頭を押さえる。

「……二日酔いか？」

「違う。血が、足りん」

この男の胸や腹には、痛々しい傷が数多く刻まれていた。犬にあったのと同じ傷だ。うなだれた頭の上では、一対の耳が苦しそうに震えている。

それでようやく聖明は思いだした。昨夜庭で出会った奇妙な男の事を。

変な奴だと思ったが、あそこからもう夢だったようだ。

「でも——変だな。夢の中で眠るなんて……」

一晩という時間が夢の中で経過している。ぐっすり眠ったという感覚も鮮やかだ。二日酔いによる不快感も続いている。

「夢？」

聖明の言葉を聞き付けた男の瞳が鋭い光を放った。地の底を這うような声で吐き捨てる。

「こんな夢があってたまるか」

「でも現実にこんな事がある訳ないし」

聖明は力なく笑う。

人間に変身する犬などいない。これは夢なのだ。目が覚めればこの男は消えてしまい、聖明はこの古い家の中、一人きりの己を見いだすに違いない。

だが男はあくまで自分は実在すると信じているようだった。忌々《いまいま》しげに唇を引き結んで身長に見合った長さの腕を伸ばす。聖明のネクタイを掴んで引き寄せる。

「わ……」

男の厚い胸板に顔がぶつかると、汗と血の匂いが生々しく鼻をくすぐった。突然の事に驚き対処できずにいる聖明の耳に、男が顔を寄せる。

鋭く尖った歯でかりりと耳の軟骨《なんこつ》を噛まれ、聖明は小さな悲鳴を上げた。

「――――ッい……っ」

「これでもまだ夢だと思えるか？」

聖明は瞬いた。

痛みは、思わず声を上げてしまう程鮮やかだった。

「え……これ、本当に夢じゃないのか……？　じゃああんたのその耳は何なんだ？　尻尾も……」

噛み付いたお返しだとばかりにむぎゅ、と掴むと、男が痛そうに息を飲んだ。飾りだとばかり思っていた尻尾にはちゃんと芯があった。あたたかく、弾力性もある。

「あれ……？」

この尻尾、本物だ。

男にぎりぎりと睨み付けられ、聖明はひるんだ。

「えーと……あんたさっき、もしかして本当に犬だった……？」

「犬ではない。俺は狼《おおかみ》族だ」

至極真面目《しごくまじめ》に返答され、聖明は笑い出しそうになる。

大事なのはそこかよ！

だがとにかく、これが夢ではないという事は——。

「じゃああんた、本当に怪我してんだな！」

それも、酷い、怪我を。

聖明は泡を食って立ち上がった。

「夢じゃないってのはわかったから、とりあえず病院へ行こう。その傷の手当てをしないと」

「ビョウイン、とは何だ？」

男がまた頓珍漢《とんちんかん》な事を言い出す。

「あー、怪我や病気を治す専門家が常駐している施設、かな。保険証……はないだろうから、金かかるだろうなぁ。耳は帽子で誤魔化《ごまか》すとしても、あんたが穿《は》けるズボンがウチにあるかな」

聖明は上擦った声で捲《まく》し立てながら布団からシーツを引っ剝がした。全裸で堂々と仁王《におう》立ちになっている男の躯を覆ってやる。

男の躯は見事だった。胸筋も腹筋もはっきり形がわかる上に、でかい。

百七十五センチある聖明が見上げる程なのだから、おそらく百九十センチはある。

「別にこれくらいの怪我、問題ない。ビョウインとやらに行く必要はないぞ」

「いやいやいや、貧血起こしている癖に何言ってんだよ。金なら俺が貸してやるから」

返ってくる気は全然しないが、別にいい。そんな事より自分は昨夜、酔っていたとはいえこの男に酒を飲ませるなどという馬鹿をした。もしこの男が死んだりしたら――。

居ても立ってもいられないような気分に陥《おちい》った。

この男が何者だろうがどうでもいい。聖明にとって大事なのは一つだけ。

この男を死なせたくない。絶対に。

「不調は死ぬ程腹が減っているせいだ。ビョウインはいい。おまえに金を借りても返せないからな」

「じゃあ返さなくていいから行け」

男は頑固だった。

「いやだ」

「てめ、言う事を聞けってーの！」

聖明は腰に手を当て胸を反らす。目を据《す》わらせ、男を見上げる。

シーツを肩にひっかけたままのフルチン男も、聖明を見下ろした。全く引く気配はない。

その腹がぐうと鳴く。どうやら腹ぺこなのは嘘ではないらしい。

どうするべき、なのだろう。

聖明は深呼吸し、突き上げてくる不安を鎮《しず》めようと努めた。よくよく見てみれば、男の傷は無惨だがどれも出血は止まっており、大急ぎで処置が必要な段階は過ぎているようだった。それに男は元気で、顔色も悪くない。

――落ち着け。大丈夫だ。どう見てもこの男は簡単に死ぬようなタマじゃない。ひとまず様子を見よう。それでだめそうなら、また説得すればいい。

そもそも無理矢理連れて行こうにも、この男に力尽《ちからず》くで言う事を聞かせられるだけの腕力が聖明にはない。

「……わかった。とりあえず、朝食にしてから改めて話し合おう。あ、俺は粟野聖明。あんたは？」

男は『グレン』と名乗った。

聖明はキッチンに移動し、朝食の準備をしながら話を聞いた。

グレンはアシル王を戴《いただ》く狼族の縄張りから来たのだと言った。

「何だそれは。日本の一体どこに狼男の縄張りなんてものがあるんだ？」

「ニホン？　とはこの地の事か？　いや違う、俺たちの縄張り《国》はここととは違う世界にあるのだと思う」

聖明は乾いた笑みを浮かべた。

「はは、異世界かよ……」

異世界の話が本当だろうが嘘だろうが、聖明にはどうでもいい。それとなくグレンの具合を気にしながら、適当に流し聞く。

グレン達が暮らしていた世界はシルヴァといい、狼族以外にも猿だの兎だの犬だの、こちらの世界と同じ種族が暮らしているらしい。そしてほ乳類ならどれもが耳尻尾付きの人型と獣型、二通りの姿を取れるのだそうだ。聖明がこちらの世界の生き物には一つしか姿がないと教えるとグレンは逆に驚いていた。

狼族は現在、他種族と戦争中らしい。グレンが怪我をしたのもそのせいだという。

「秘密裡《ひみつり》に本陣から王を移動させている最中に襲われてな。悟られないよう少人数で動いていたのが仇《あだ》となった。もしもの時のために魔法の遣《つか》い手《て》を多く連れていたのだが――」

「魔法？　そんなものが本当にあるのか？」

聖明がじゅうじゅうと音を立てているフライパンを揺すると、一パック分のベーコンが跳ね上がった。

アイランド式のコンロの向こうに座って朝食ができあがるのを待っているグレンの耳が、同時にひくりと震える。目はベーコンに釘付けだ。

「うん？　この世界には魔法がないのか？　俺の世界には古くから伝わっているぞ。あまり使い勝手のよいものではないがな。俺がここへ来てしまったのはおそらく敵方の遣い手の魔法と、こちら側の遣い手の魔法が干渉《かんしょう》しあったせいだろう。空間が歪み門《ゲート》が開いてしまったのだ。遠くへ飛ばされる程度ならよくある事だが、異世界まで来てしまうのは珍しい。余程《よほど》大きな魔法が働いていたのだろう」

カリカリに焼いたベーコンを大皿に空けると、聖明は油を引き直したフライパンに卵を四つばかり落とした。ツナ缶もオイルを切ってその上にぶちまけ、菜箸《さいばし》で大雑把《おおざっぱ》にかき回し蓋を閉める。

「じゃあ他にも日本に来た事がある人がいるのか？」

「おそらくは」

「……どうしておそらくなんだ？」

「跳《と》んだ先の情報などほとんど残っていないからだ。知らない世界にはどんな危険があるかわからんからな。異世界に来てしまったと気付いた時点でそれなりの遣い手ならさっさと帰還《きかん》を試《こころ》みる。わざわざどんな世界か調べるような手間はかけない。魔法を使えない者なら帰って来られないから確かめようがない」

「こえー！」

「それが魔法の欠点だ。他に手があれば我々も魔法など使いたくなかった。王がご無事であればいいのだが」

「はは、あんたの話聞いているとＲＰＧで魔法使うの怖くなっちゃいそうだな」

「あーるぴーじー？」

シチュー皿にシリアルをざらざら空けると、グレンが興味深そうに鼻を寄せた。

「これは食えるのか？」

「ミルクをかけて食う。好きなだけ食っていいから」

グレンは躯がでかいだけにたくさん食いそうだ。

おとなしく料理が揃うのを待ってはいるが、グレンの尻では尻尾がちぎれんばかりに揺れていた。ベーコンに食い付きたいのを必死に我慢しているのだろう。待てをさせられているわんこみたいだ。

いくら凶悪な目付きで凄んでいても、ご飯を前にしたらぶんぶん尻尾を振ってしまう辺り、微笑《ほほえ》ましくて癒《いや》される。

できあがった料理を別の大皿に乗せ差し出すと、グレンは期待に満ちたまなざしを聖明に向けた。

「食べてもいいのか、キヨアキ」

「ああ。これ、取り皿。好きなだけ取って食べな」

我ながら得体《えたい》の知れない卵料理だが、匂いは悪くないと、聖明は思う。

よしと言ってやったのだから飛び付くかと思ったのだが、グレンは微妙な表情で聖明を窺っている。ならばと聖明は先に卵料理の皿を引き寄せた。添えてあった大きなスプーンで、自分の取り皿に移す。

するとグレンもスプーンを手に取り、不器用に料理をよそった。手付きがぎこちないところを見ると、カトラリーというものを使った事がないのかもしれない。

聖明がシリアルにミルクをかけるとグレンもかける。フォークで刺したベーコンに齧《かじ》りつくとグレンも齧り付き――椅子の上で飛び上がった。

「どした？　肉、だめか？」

「熱い……っ」

「そりゃ焼いたんだから熱いさ。なんだ、狼って猫舌なのか？」

「？　なぜ猫の舌が熱さに関係あるのだ」

舌を冷やすのによかろうと、オレンジジュースに氷を入れて出してやると、グレンは一気に飲み干してしまった。

「うまい」

「そ？」

「これも、うまい。すごいな。これは一体どうなっているんだ？　肉なのはわかるのだが……」

グレンにはベーコン――燻《いぶ》した肉が不可解でならないようだ。

ともあれ卵料理もベーコンもグレンのお気に召したらしい。がつがつ食べたいところなのだろうが、火傷《やけど》しないよう細かく解体し、用心深く食べている。

いつしか聖明は食事の手を止め、グレンを眺めていた。

グレンはもう危険人物には見えなかった。むしろ、ちょっと可愛らしい。

視線が気になるのか、グレンのぴんと立った耳が神経質そうにひくつく。

「なんだ」

「んー、あのさ、おまえ、その、シルヴァって世界には帰れるのか？」

グレンのフォークが止まった。

「……わからん。俺は魔法は不得手《ふえて》だからな。だが傷が癒え、体力が回復すれば、あるいは」

「つまり、すぐには帰れないかもしれないって事か。それまでどうするつもりだ？」

グレンの男らしい眉が寄せられた。

「……大丈夫だ。俺は狩りが得意だし、なんとでもなる」

「まさか大怪我をしているくせに、山の中でサバイバル生活をするつもりじゃないだろうな！」

聖明はぞっとした。まだ三月で外は寒い。凍死するのは簡単だ。

「そんな事ができるわけないだろ。今の時期の夜がどんなに寒いか、昨夜でわかってんだろ？　それにな、知らないだろうから教えといてやるが、日本には銃刀法って法律があるんだ。あんな大剣持ち歩いていたら、一発で捕まるぞ」

「なんだと……？」

「それに耳と尻尾のある人間なんてこの世界にはいないからな。珍しがられて、あんた、追い回されるかもしれないぞ」

グレンが顔を顰《しか》めた。

「では、どうしたらいい」

「……とりあえず、怪我が治るまでウチにいないか？」

考えれば考える程、聖明には自分がこの男を保護すべきだと思えた。この男は怪我をしている上、この世界について何も知らないのだ。聖明が目を離したらきっと無事では済まない。もしかしたら、死んでしまうかもしれない。

それだけは絶対に厭《いや》だ。

汗ばんだ掌を握り込む聖明に気づかず、グレンは真面目くさった顔で指摘する。

「俺のような耳と尻尾のある者は追い回されるのだろう？　俺がいてはキヨアキに迷惑をかけるのではないか？」

「ウチはほら、隣家まで五分も歩かなきゃならない辺鄙な所にあるし、あんたがふらふら出歩かない限りは安全だ」

「だが、おまえの家族は」

「昨日も言ったような気がするが、俺は一人暮らしだから」

「……そう、なのか？」

　グレンはさりげなく室内を見渡した。箸立てには三組の箸が立っている。ダイニングテーブルには三枚のランチョンマットと、布巾《ふきん》の上に伏せられた三個のマグカップ。うち二個のマグカップには、埃《ほこり》がうっすらと積もりつつある。

　聖明は立ち上がると、グレンの視線を遮るように二個のカップを掴んだ。

「とにかく今は、俺以外誰もいないから」

　グレンが目を細めた。

「この家は血の匂いがするな」

　どくん、と聖明の肋骨《ろっこつ》の奥で心臓が跳ねる。

「……そうか？　気のせいだろ」

　聖明はカップを軽くすすぎ、棚からポットを取り出した。幾つも並んでいる缶の中から選んだのはアールグレイ。蓋を開けた途端《とたん》広がったベルガモットの香りを楽しんでから、ティースプーンでポットの中に茶葉を落とす。

　湯の中で、茶葉がくるくる踊る様を聖明はぼんやりと眺めた。

　そういえば、最後にちゃんと茶葉から淹れたのはいつだったろう。

　紅茶にはまって、色んなフレーバーを集めたのは聖明自身だったが、自分しか飲まないと思うと面倒で、いつの間にかティーバッグで済ませてしまうようになっていた。

一人でいるとどんどん色んな事が面倒になってゆく。日常が色を失い、つまらないものと化してゆく。

でもグレンがいてくれれば。

小鉄がいてくれた頃と同じ日々が戻ってくるかもしれないという気がした。

背伸びをして缶を棚に戻した時、グレンの声が聞こえた。

「俺はこの世界には寄る辺《よるべ》のない身だ。よろしく頼む」

ふっと肩から力が抜ける。

――ここに、いてくれるんだ。

聖明はにっと笑ってグレンを振り返った。

「よし。なら一つ条件がある」

「条件、だと?」

にわかに用心深い顔付きになったグレンの前に、聖明は人差し指を突き付けた。

「あたりまえだろ。これから俺があんたの衣食住すべての面倒を見てやるんだ。多少のお返しを要求しても悪くない」

「――話による」

「別に難しい事じゃない。俺が望んだ時には狼の姿になって撫でさせろ」

小鉄によく似たグレンの毛並みを思い浮かべ、聖明は懐かしむような笑みを浮かべる。

狼姿のグレンの毛皮は見事だった。

ふかふかのもふもふ。

あれにまた、触りたい。

だがグレンは聖明の要求を聞いた途端、顔を真っ赤に染め毛を逆立てた。

「おまえの目の前で獣型になってみせろと言うのか？　ふざけるな！」

あまりの勢いに聖明はたじろぐ。

「え、なんだよ。もしかして獣型になるのってだめなのか？　だって昨夜自分で狼になっていたじゃないか」

「それは怪我のせいだ」

きょとんとしている聖明がシルヴァの理《ことわり》には不案内である事を思い出したらしい。グレンは言葉を足した。

「俺たちは弱ると人型が保てなくなる。人前で獣型になるのは、特に雄《おす》にとっては弱みをさらす、恥ずべき行為だ」

「へー。だから朝怒ったのか。でもここはシルヴァじゃないんだからいいんじゃないか、そんな事気にしなくても。大体、俺もう今朝見てしまったし。グレンの狼の姿すごく綺麗だったし」

「ぐ……」

グレンの額に汗が浮かんだ。

「いやしかし」

「だめならさっきの話はナシだ」

「何!?」

「はい紅茶どうぞ」

聖明はなみなみと紅茶を注いだカップをグレンの前に置いてやる。その頃には大皿はほぼ空になっていた。聖明も一緒に食べていたとはいえ、恐るべき大食漢《たいしょくかん》である。

「あちっ」

また舌を火傷したらしい。グレンが顔をしかめた。


とりあえず条件を詰めるのは後にし、聖明はグレンを風呂に案内した。

グレンはあちこち血で汚れている上、髪に木の葉までまぎれ込ませている。血腥く、どことなく獣っぽい臭いもした。聞いてみるともう三日も、水浴びすらしていなかったらしい。

給湯器などの使い方を教え、聖明は浴室の外に出た。父の和室に入り込み、押入れを開ける。あちこちひっかき回していると、古い浴衣《ゆかた》が出てきた。丈《たけ》が足りないのは間違いないが、これなら着られないという事はない。

　衣類と救急箱を抱えて浴室に戻る。グレンは自分で持っていたのだろう、ぎょっとする程でかいサバイバルナイフのようなものを使って髭《ひげ》をあたっていた。

「わからない事は無かったか？」

「ああ」

「じゃ、終わったらこれで躯拭いて。これ新しい下着な」

「……この布はなんとも柔らかいな。花の匂いがする」

　ふわふわの感触がお気に召したらしい。グレンはバスタオルに顔を埋め、すんすんと匂いを嗅いだ。尻尾の毛まで丁寧に拭き、下着に足を通す。尻尾があるせいでトランクスは上まであがらない。今時の若者以上の腰穿きだ。

　傷の手当をしてから浴衣を着せかけ帯を結ぼうとすると、やはり尻尾が邪魔でうまく帯が結べなかった。

「困ったな」

「悪いが、穴をあけていいか？」

　尻尾を押さえ付けられるのは厭らしい。聖明が了承すると、グレンはサバイバルナイフで手際《てぎわ》よく尻尾穴を開けた。

「つんつるてんとはいえ、ガタイがいいから似合うな」

藍《あい》の浴衣の前を合わせてやりながら聖明は苦笑する。

「帯結んでやるから、ちょっとここ押さえてろ。グレン？」

グレンの反応がない。

聖明がどうしたのだろうと目を上げると、グレンは足下を凝視していた。耳がピンと立ち上がっている。

視線を追い、振り返ろうとしたところで、聖明のくるぶしにあたたかいものが触れた。

なーお。

甘えた声が聞こえる。

白い猫が聖明の足に躯を擦り付けている。

「お、シロ。おはよー」

「よーしよし、腹が減ってんのか。待ってな、これ済んだらカリカリやるぞ」

聖明は硬直しているグレンの手を掴み、重ねた前身頃《ごろ》を押さえさせた。

帯を結び終えると、聖明は十キロ近くもあるシロの肥えた躯を抱き上げる。ぎゅーっと抱き締め喉の下をくすぐってやると、シロは気持ちよさそうに喉を鳴らした。

身じろぎもせず猫を凝視し続けていたグレンがようやく息を吹き返す。

「それ、は」

「シロ。俺の友達」

狼が目の前にいるというのに、鈍《にぶ》いシロは泰然《たいぜん》としている。

「友達、だと？　では食ってはならんのか？」

「は？　食う？　こんなに可愛いシロを食う気か？　そんなのだめに決まってんだろ。変な手出ししたら許さないからな」

「わ……わかっ……た」

そう言いつつもグレンの目はシロから離れない。

聖明はシロをだっこしたまま縁側に出た。うららかな日差しがガラス越しに降り注ぎ、古い板張りの廊下が足下できしきしと頼りない音を上げる。

廊下の途中でふと足を止め振り向いた聖明はぎょっとした。

何の音もしなかったからついてきていないのかと思っていたのだが、聖明のすぐ後ろにグレンがいた。瞬きもせずシロを凝視している。

獣だからだろうか、聖明よりかなりウェイトがある筈なのにグレンは全く床板を軋《きし》ませなかった。気配すらない。

ふっと現実感が遠のく。

何もかも、夢であるかのような感覚が、聖明をさらう。

だが聖明はゆっくりと胸の中の空気を吐き出すと、何事もなかったかのようにまた前を向きキッチンへと入った。床にシロを下ろし、買い置きしてあった餌を与える。グレンはその傍を離れようとしない。怖くて聖明も目を離せない。

「なーお」

シロが食事を終えると、聖明は即座にソファへと連れて行き、撫で始めた。我が物顔であがり込んでくるが、シロは実は野良猫だ。腹が減った時しか聖明の元に来ないし、撫でさせない。

だから聖明はシロが来た時はここぞとばかりに堪能《たんのう》する。シロも心得《こころえ》ているのか、厭な顔一つせず聖明に身をゆだねる。

いつの間にか音もなく忍び寄ってきたグレンも、気持ちよさそうに喉を鳴らすシロを見下ろしていた。

「なあ。さっきの話だが、獣姿になってくれるんならもっとうまいものを食わせてやるぞ。最高のヒレステーキとか、ハンバーグとか。この世界にはベーコン以上にうまいものがたくさんあるんだ」

目を開けたシロも、聖明に加勢するようにグレンに向かってなーんと鳴く。

「む……」

狼になれと言われたグレンはまた忌々しげに唇を引き結んだが、食事の時程の怒りは見せない。

聖明の膝の上でシロが身をよじった。

「うわ、危ないだろ、シロ」

肥えた躯が、どすん、と音を立てて落ちるように床に降り、そのまま廊下へと逃げていく。

珍しいシロの全力疾走を、あっけにとられ見送った聖明がふと横を見ると、グレンの代わりに大きな狼が座っていた。

座っている聖明と、目線の高さがほぼ同じという巨躯《きょく》だ。前足は太く、爪も長い。一掻きで聖明の喉笛《のどぶえ》など切り裂いてしまえそうだ。

「おお……」

素晴らしく美しい獣の前に、聖明は膝を突いた。

狼が少し首を傾ける。聖明はその鼻先にそっと手を差し出す。

ひくりと身を引きかけたものの、狼はその場を動かなかった。聖明の手の匂いを嗅ぎ始める。冷やっこい鼻先がくすぐったい。

——濃い生《せい》の気配。

たまらない感情がこみ上げてきて、聖明はグレンの首にしがみついた。毛皮に顔を埋め、目を強く瞑《つぶ》る。

びく、と躯を強張らせたものの、グレンはこらえた。

聖明はしばらくの間そのままじっとしていたが、やがて腕の力を緩めた。

「――――ありがとう」

グレンがぶるりと躯を震わせ、乱れた毛並みを舐めて整え始める。

「おまえ、オスだよな？」

グレンに不可解な問いを投げかけられ、聖明は首を傾げた。

「あ？　どこからどう見ても男だと思うが。なんなら見るか？」

「いや……聞いてみたかっただけだ。見せなくていい」

微妙な沈黙の後、グレンは聖明の掌に鼻先を押し付けた。

「正直こういうのは苦手だが、慣れるよう努力しよう。帰るまでの間、よろしく頼む」

聖明は唇の両端を引き上げ、微笑む。

＋　＋　＋

林を抜ける道を、一台のバスが走っていく。終点の駅前より三つ手前の停留所で下車すると、聖明は目の前に広がる小規模な新興住宅地を眺めた。色とりどりの屋根が童話の世界のようなほのぼのとした景観を作り上げている。各戸の敷地は広く、駐車スペースはもちろん、家庭菜園くらいなら充分できる広さの庭がある。

ここは、聖明の理想を形にした町だ。

あたたかな日差しを浴びながら聖明は小さな町の中へと進んでいく。バス停から三軒目、この町では典型的なタイプの一軒家。この家とその裏手に仮設されたプレハブの事務所が聖明の現在の職場だ。

リーダーにICカードを翳すと小さな電子音と共に鍵が解除された。

「おはようございまーす」

引き戸を引いた途端、あたたかな空気がふわりと頬を撫でる。

「あ、おはようございます、栗野さん」

「おはようございます」

自分の席についたところで、何やら一心にメモをしていた大隈《おおくま》が顔を上げた。書いたばかりのメモを持って聖明の席までやってくる。

「おはようございます、チーフ」

「朝イチで常盤《ときわ》様から電話が入った。先日おまえとやりとりしていた件については白紙に戻して欲しいそうだ。残念だったな、栗野」

「あー」

メモを受け取り聖明は呻いた。

結構いい線いったと思っていたのに、だめだったか。

斜め後ろの席の加島《かしま》が椅子を転がし滑ってくる。眼鏡の奥の瞳が好奇心にきらきら輝いている。

「常盤様って、この間の土曜日に婚約者と見学に来ていた美人さんですよね？　こう、肩のところでくるんって髪を巻いた」

「なんだ。加島はああいうタイプが好みだったのか？」

大隈が茶々《ちゃちゃ》を入れると加島は首を振った。

「違いますよ。俺あの時、ちょうど前のお客さんが帰られた後だったからこっそり見学させてもらってたんですよね、粟野さんがお客様ご案内しているところを。だから印象に残っているんですよ」

「へえ」

「粟野さん、鮮やかでしたよー。結婚間近のカップルさんに、『自分も本当に大切な人とここで暮らしたいと思っているんですが、なかなかそういう人ができなくて。菱田《ひしだ》様が本当に羨《うらや》ましいです』なーんて巧《うま》い事言っちゃって、しかもそれが全然わざとらしくなくて。いい男にそんな事言われたもんだからもう婚約者の菱田様も鼻高々で、俺もてっきりこれは決まりだと思ったんですけど」

声色《こわいろ》を変え演じる加島の頭を聖明がこづいた。

巧いなどと言っているが、この男は年こそ二つ下であるものの入社時からずっと営業で、聖明より余程コツを心得ている。

「俺に世辞言ってもいい事なんて何もないぞ。結局契約取れなかったんだから」

「あれ、もしかして落ち込んでいるんですか？　気にする事なんて全然ありませんよ。家なんて高額商品、そんなにホイホイ売れるもんじゃないんですから。それに俺、栗野さんの接客見てて才能感じました。研修じゃなくて、本当に営業に引き抜いたらどうですかね、チーフ」

「はは、そうだな。俺たちとしても栗野がいてくれた方が色々やりやすい」

大隈も無責任に賛同する。

聖明は手帳を広げながら肩を竦《すく》めた。

「営業は面白いしいい勉強させていただいていますが、でも俺はやっぱり作る側の方が好きなんで」

聖明は本来は本社で企画の仕事をしている。この新興住宅地は聖明が初めて手がけ、完成に漕《こ》ぎ着《つ》けた町だった。だからちょうど仕事が一段落付き、勤続五周年のリフレッシュ休暇を取得する権利を得た時、聖明は休暇の代わりにしばらくモデルルームで研修をさせて欲しいと申し出た。

自分が作った町を見た客のリアルな感想を聞いてみたかったのだ。

聖明の両親は結婚してからしばらく都心でマンション暮らしをしていたが、聖明が十歳の時、この近くの家を買った。通勤は尋常でなく大変になるとわかっていたが、一軒家に住む事が両親の夢だったのだという。家は安い代わりに古く、庭は崖に面していて危険だった。広い庭には時々狸が出没し、家庭菜園を荒らしていく。それでも聖明はこの地域での生活が好きだった。

営業職は初めてにも拘《かか》わらずそれなりに形になっているのは、都心から離れた不便なこの地域の利点も欠点も知っていたからだろう。

「粟野さん、見学予約者のリスト更新しました。お願いします」

「はい。ありがとうございます」

聖明はＰＣを起動し仕事に取りかかった。


五時になると、どこからともなく夕焼け小焼けが流れてくる。

その頃からそれとなく雑務を片付けていた聖明は、六時になると席を立った。

「お先に失礼します」

「お、早いな」

作業に集中していた加島がくるりと椅子を回転させた。

「粟野さん、俺ももう終わるんです。良かったら飲みに行きませんか」

「悪い、今日はだめなんだ。家で腹を空かせた犬が待っているんで」

「あれ、粟野さんて犬飼ってましたっけ」

「昨日迷い犬を拾ったんだ」

いそいそとコートに袖を通しながら、聖明は家で待っている筈のグレンを脳裏に思い浮かべた。

どうやら毛並みはヒト型グレンのお手入れ如何《いかん》で変化するらしい。風呂に入った後のグレンの手触りは入る前と明らかに違っていた。

もふもふの素晴らしい手触りを持つ、狼。

今日、聖明は帰りに一旦《いったん》駅前まで出て、艶々《つやつや》になるトリートメントを買って帰るつもりだった。それから肉を一キロばかり。今夜はグレンに好きなだけ焼き肉を食わせる。餌付《えづ》けをしてもっと懐いてもらうのだ。

「うっわいいなあ。きっと可愛いんだろうなあ。俺、犬大好きなんです。ちょろっと見せてもらいに行ってもいいですか？　今日車なんで送っていきますよ」

「いや買い物があるし、ウチの犬、結構凶暴な大型犬なんだ。危ないから、慣れるまで見せるのは無理」

「……よくそんなのを拾ったな」

聖明と同じく帰り支度を終えた大隈が席を立つ。

「俺、大型犬が好きなんですよね。特にすっごい凶暴なのに、自分にだけ懐いてくれる子」

「……懐かれる前に怪我をしなければいいがなあ」

「その辺はぬかりありません。大型犬を飼うのは初めてじゃありませんから」

「ちょ、待ってくださいよう、二人とも」

大急ぎで業務日報を打っている加島を置き去りにして、聖明はプレハブの外に出る。まだ寒いが、真冬とは異なり空が明るい。

大隈の車に乗せてもらって駅前まで出る。予定通りの買い物を済ませ、バスで帰途につく。最寄りのバス停で降り、緩やかな上り坂を十分も歩けば聖明の家だ。

聖明はご機嫌だった。

今夜はグレンにシャンプーとトリートメントをする。何なら、聖明も一緒に風呂に入って洗ってやってもいい。そうして就寝前には、つやっつやになった狼を思い切り撫で回させてもらう。

世話になっているという自覚があるからだろう、グレンは聖明の言う事をかなり素直に聞く。この世界のしきたりを知らないので、非常識な要求でもそういうものかと勝手に納得しているようだ。

今夜のお楽しみを想像するだけで、聖明には重いシャンプーボトルも一キロの肉も、羽のように軽く感じられた。

だが。

玄関の扉を開けた途端、楽しい気持ちは掻き消えた。

グレンが点けたのだろう、玄関に明かりが点いている。

黄色がかった光に照らし出された上《あが》り框《かまち》には、決して少なくない量の血が零れていた。

両手に下げていた買い物袋が、土間《どま》に落ちる。

頭の芯が揺らいだ。膝に力が入らない。

――一体、何があったんだ――？　グレンは、グレンは無事か――？

電灯の光は弱く、廊下の先は闇に溶け込んでいる。まるであの世までまっすぐに繋がっているようだ。得体の知れない存在が暗がりに潜んでいるような気がしたが、聖明はグレンの姿を探し家の中に駆け込んだ。闇に閉ざされていても子供の頃から住んでいた家だ。歩き回るのに支障はない。

それに、廊下の先の障子が白く光っている。リビングに、明かりが点いているのだ。

誰か、いる。

「グレン……」

聖明は大きく揺れる廊下を進んだ。勢いよく障子を開け放つと、墨を流したように暗かった世界に光が溢れる。

リビングの中央、テレビと向かい合わせに据えられたソファに人型のグレンがどっかと腰を下ろし、苦虫を噛みつぶしたような顔で上着を繕っていた。

聖明は廊下にへたへたと座り込んだ。

——無事だった。

「……どうした」

黒い上着から目を離さず、グレンが尋ねる。

「玄関に……、血が垂れていたんだが……」

「ああ、拭こうと思ったのだが忘れていた。妙な奴が来て、勝手に家の中に入ってこようとしたから撃退したぞ」

ぐいと糸を引き鋭い犬歯《けんし》で余った糸を切ってから、グレンはようやく聖明を見た。凶暴な光を放つ双眸《そうぼう》を、聖明はぼんやりと受け止める。

グレンは、激怒していた。

「客が来ても、放っておけって言ったよな、俺……」

「放っておいた。そうしたら勝手に鍵を開けて入ってきた。この家はおまえの縄張りだろう？　世話になっているのに、荒らされるのを黙って見過ごす訳にはいかない。排除しようと出ていったら、奴はナイフを振り回した。この世界にはジュートーホーとやらがあるんじゃなかったのか？」

ナイフ？

ナイフでそいつはグレンを傷付けようとした？

グレンが顔を顰める。

「おい、大丈夫か」

大丈夫などでは全然なかったが、聖明は脂汗の浮いた顔に薄っぺらな笑みを浮かべた。

「はは、その耳と尻尾姿で出たのか、あんた。だめだと言ったろう。この世界にはあんたみたいのいないんだから」

「そんな事を言っている場合じゃないだろう！」

強い語気に聖明は身を竦ませる。

だが、わかってないのはグレンの方だ。

「排除なんかしなくてよかったんだ。あんた、ただでさえボロボロなのに、これ以上怪我を負ったら」

死ぬ。

死んでしまう。

聖明の心配をグレンは笑い飛ばした。

「俺を侮《あなど》るなよ、キヨアキ。俺は、王に仕える騎士だ。こそ泥などに傷を負わせられるものか」

「玄関の、血は」

「侵犯者の鼻を折ってやった。肋骨《ろっこつ》もイっているかもしれんな」

仕上がった上着をソファに投げだし、グレンが席を立つ。

「だがキヨアキがそう言うなら、この姿で人前に出るのはやめよう」

「は……はは」

立てなくなってしまった聖明を見下ろし顔を顰めると、グレンは二の腕を掴み引き起こした。そのまま抱えるようにしてソファまで移動させ、廊下へと姿を消す。

聖明はテーブルの上にあったリモコンを取り上げ、テレビをつけた。

わっと笑い声が上がり、浮ついた喧噪《けんそう》が静寂を駆逐《くちく》する。

聖明はソファの隅に膝を抱えてうずくまり、ぼうっとテレビ画面を眺めた。

聖明たちに何があったって、テレビの中ではいつもと同じ空騒《からさわ》ぎが繰り広げられ続ける。何事もなかったかのように。

きつく自分の躰を抱きテレビを凝視する聖明の前に、廊下から戻ってきたグレンが買い物袋を置いた。

「あ、りがと……」

「玄関も片づけておいたぞ」

血を拭いてくれたらしい。

「……ほんとに、ありがと」

グレンは隣に腰を下ろすと、いきなり聖明の肩を抱き寄せた。気恥ずかしかったが躯に比例して大きな掌はあたたかく、聖明はグレンの慰めを受け入れた。

抱き締められているうちに徐々に気分が落ち着いてくる。

動けるようになると、聖明はそっとグレンの躯を押しのけ、ホットプレートをセッティングした。まだ夢を見ているような——地に足がつかないような感じが抜けなかったが、いつもと同じように振る舞い、グレンに焼き肉を供する。

食事の後、グレンに胸や腹にたくさんあった傷を見せてもらうと、驚いた事に既《すで》に薄皮が張っていた。魔法の力らしい。もう数日もすれば完全に回復するとグレンは言った。

聖明はようやくグレンの力を理解した。

この男は本当に荒事に慣れた、強い戦士なのだ。

この男は簡単には死なない。

そう思ったらほっとした。

＋　＋　＋

「なんだよ、これ……」

翌朝、ゴミを出そうと玄関の引き戸を開け、聖明は呆然《ぼうぜん》とした。

家の前にゴミがぶちまけられている。

聖明の家は丘の中腹にぽつんと建っており、近くに隣家はない。これはわざわざどこから運んできたゴミだ。

幻だという事にして放っておきたいが、生ゴミも混じっているようだった。夜帰宅してまだゴミがあって、それが臭い始めたりしていたら最悪だ。

めんどくせーなと思いつつ惨状を眺めていると、浴衣姿のグレンが様子を見にきた。寝乱れた浴衣の胸元が大きくはだけ、厚い胸板が露《あら》わになっている。空腹のせいか尻尾の動きが弱々しい。

「朝飯はまだか、キヨアキ」

「飯どころじゃない。見ろよこれ」

「ああ、昨夜遅く妙な男が散らかして行ったな」

平然と言われ、聖明は眉を上げた。

「あんた、気付いてたのか!?」

「うむ。金属の臭いのする荷車で山を登ってきたものだから、随分大きな音がしていたぞ」

グレンはぼりぼり腹を掻きながら玄関から出て来ると、他人事のような顔でゴミを眺めた。

ふてぶてしい態度に、聖明が切れる。

「気が付いていたんなら教えろよ!」

「食べ物の臭いがするものを散らかしていっただけだったからな。危険は感じなかったし、よく寝ているキヨアキを起こすまでもないと判断した。だがまあ、厭なら次からは起こそう」

「次なんてあってたまるか」

一通り見物して気が済んだらしい。家の中に戻ろうとするグレンの袖を聖明が掴んだ。

「待て。俺に教えなかった罰だ。あんたがこれを掃除しろ」

「……何?」

凶悪な光を放つ瞳が細められる。

残念ながらどんなに恐ろしい目で睨んでも無駄だ。聖明はグレンの弱点を握っている。

「朝食の卵半分にするぞ」

高らかに宣言すると、グレンの唇が引き結ばれた。黒々とした瞳が凄みを増す。

だが、居候《いそうろう》であるという身分はわきまえていたらしい。桟《さん》に頭をぶつけないよう長身を屈めて玄関を通り抜けると、グレンは散乱したゴミを見下ろした。

「今、新しいゴミ袋持ってくる。収集に間に合うよう、ちゃっちゃと片せよ。危ないから素手では掴むな。ちっさいビニールもやるから、それで手を保護してからゴミを拾うんだ」

家庭ゴミをそのまま運んできたようで危険そうなものは見あたらなかったが、一応注意すると聖明は必要な物を取ってきた。

日が当たるとはいえ寒々しい玄関先で待っていたグレンの手に二重にビニール袋をかぶせてやり輪ゴムで手首に止める。むっつりと即席作業手袋を眺めるグレンにその場を任せ、聖明は台所へと急ぐ。

自分ははどうでもいいが、掃除させられた上朝飯も抜きなんて事になったらグレンが可《か》哀想《わいそう》だ。

寝起きですっかり忘れていたが、昨日は不審者の撃退もしてくれたのだし。

冷蔵庫を開けようとして、聖明はふと動きを止めた。

でも、一体誰が何のために、ゴミの投棄《とうき》や不法侵入などという事をしようと思ったのだろう。

多分両方とも同じ犯人の仕業だ。同時期に別々の人間が悪意をもってこんな辺鄙な土地にやってくるなんて偶然がある訳がない。だが聖明にはそこまでされる程の恨みを買った覚えがなかった。

肉さえあれば満足らしいグレンの為に、聖明は昨夜少しだけ残った肉を焼く。それだけでは足りないだろうから冷凍のハンバーグをオーブンに入れ、焼けるまでの合間にスーツに着替える。

鏡の中でネクタイを締めようとしている男にふだんと変わった様子はない。明るい色の髪を軽くワックスで整える。

台所に戻ると、グレンが既にテーブルに座り朝食を待っていた。

「片付け、終わったのか?」

「終わった」

聖明は焼きあがったハンバーグに目玉焼きを乗せ、更に周りに焼き肉を添えた代物《しろもの》を出した。グレンの尻尾が狂喜乱舞《きょうきらんぶ》を始める。野菜が全くないが、狼なので問題ないだろう。

「キヨアキの食事はどうした」

「俺はいい。もう出なくちゃならない時間だからな。出勤する前に元気づけて欲しいところだが——」

それとなく獣型になって欲しいと仄《ほの》めかすと、グレンは躯を強張らせた。この狼は小鉄と違ってなかなか聖明に懐かない。

「また今度な。じゃ、行ってきます」

だが、だからこそ攻略し甲斐があるというものだ。

鞄をひっ掴み聖明が出ようとすると、グレンが立ち上がった。

「キヨアキ」

「うん？」

「気を付けて、行って来い」

顔が近付いてくる。

聖明はキスでもされるのかとビビったが、ちょんと鼻先に鼻先をぶつけられただけだった。

狼流の挨拶《あいさつ》だろうか。

むさい外見している癖に、やる事が可愛い。

が、感動に打ち震えていると遅刻する。聖明はバス停へと駆け出した。


ＩＣカードをリーダーに押し付けた時、時計は定時丁度を指していた。遅刻せずに済んだ事にほっとしつつ席に着くと、加島が椅子を転がし寄ってくる。

「おはようございます。随分息切らせてますねえ」

「色々あって、家を出るのが遅くなったんだ」

「色々って？」

「朝起きたら、玄関前にゴミがぶちまけられていた」

「え……」

事務所内がしんと静まり返った。別の作業をしていた大隈まで手を止め聖明を見つめている。

「何ですかそれ。カラスの仕業《しわざ》とかそういう意味じゃないんですよね？　嫌がらせ？　犯人はわかっているんですか？」

「いや」

「それ、まずいんじゃないのか？　警察には言ったのか？　先の犯人だってまだ捕まっていないんだろう？」

……警察。

加島が聖明の表情が強張ったのに気付き、空々《そらぞら》しい程朗らかな声を上げた。

「でもほら、たかがゴミですからね。そんな深刻に考えなくてもいいんじゃないですか。単に車の窓からゴミを捨てる不心得者の仕業かもしれないし。……まあ、念のため警察に届けた方がいいとは思いますが」

「……わかった」

「粟野、午前中半休取っても構わないぞ。朝っぱらからそんな事されて、きつかっただろう。一人暮らしだと何でも自分で片付けなきゃならないしな」

大隈に心配そうに言われた途端、急に心臓がばくばくしてきた。

聖明は今の今までキツいなどとは思っていなかった。グレンが平然としていたからだ。何でもない事のようにグレンが振る舞ってくれたから聖明も冷静でいられた。

だが確かにこれは、放置しておく訳にはいかない事態だった。ゴミ投棄もいかれた話だが、この男はナイフで武装し押し入ろうともしたのだ。

聖明は生々しい血臭を、酸化し黒ずんだ血の色を思い出す。

何とかしなければならないが――どうしたらいいんだろう。

警察には頼れない。そんな事をしたらきっとグレンの存在もが明るみに出てしまう。

「粟野、さん？」

黙り込んでしまった聖明を加島が心配そうに窺う。

「大丈夫ですか。近くの警察署まで、俺、車で送っていきましょうか」

聖明は俯いたまま首を振った。

「いや。いい。半休はとらない。明日は週末でお客様がたくさんいらっしゃるからな。今日のうちに準備を整えておかないと」

「粟野、無理はしなくていいぞ」

バイトの子に仕事を指示していた大隈が不意に口を挟む。

「無理している訳じゃありません。仕事に忙殺《ぼうさつ》されていた方が気が楽なんです」

「……そうか」

大隈はバイトたちに向きなおった。加島も聖明の肩を軽く叩いてから椅子を転がし机に戻っていく。聖明は処理せねばならない伝票の束を引き寄せた。仕事に没頭《ぼっとう》する事によって聖明はまたしても問題を先送りにしたのだ。

＋　＋　＋

「粟野さん、あれ、常盤様じゃないですか？」

加島に肘でつつかれ目を上げると、モデルハウスを示すのぼりの向こうから、足の綺麗な女性が近付いてくるところだった。

土曜日だというのに、女性はビジネススーツ姿で、埃っぽい風に胸元のリボンタイを揺らしている。

変だな、と思いながら聖明は席を立った。確かに先日婚約者と訪れた常盤だが、結局購入はしないと本人から連絡が入っていた。今更何の用なのだろう。

「いらっしゃいませ、常盤様」

「こんにちは。ごめんなさい、予約もせずに」

「大丈夫ですよ。どうぞ、こちらへ」

聖明は頭を上げるとまずはモデルハウスの中へと案内した。

スリッパに履《は》き換え、ゆったりとカフェテーブルと椅子が配置された部屋に入る。窓際の席に誘導しコーヒーを運ぶと、常盤はどことなく緊張した笑みをうかべた。

「ごめんなさいね。何回もお伺いして」

常盤は美しい女だった。青みがかったグレーのスーツがいかにも仕事のできるキャリアウーマンという雰囲気を醸《かも》し出している。先日訪れた時も、高い買い物に緊張している婚約者とは対照的に、落ち着いて聖明の説明を聞いていた。

「とんでもございません。ただ、先日の件については、確か水曜日にキャンセルの電話を頂戴《ちょうだい》したと思うのですが」

彼らが興味を示していた物件にあの後動きはない。キャンセルのキャンセルは可能だったが、常盤の目的は違った。

「ええ、あの家についてはキャンセルさせていただきました。今日はもう少し小さな家を紹介していただきたくて来たんです」

「具体的な理由をお伺いしてよろしいですか。その方が的確なご提案ができると思いますので」

「私、菱田さんとの婚約を破棄《はき》したんです」

聖明はぎょっとした。随分な急展開だ。

「それは……ご事情もおありでしょうし、何と申し上げたらいいのか……」

「この間、栗野さんに色々見せていただいたでしょう？　その時、本当に大切な人とここで暮らしたいっておっしゃったの、覚えています？」

「……はい」

決然としたまなざしに、厭な予感がした。

「私も分野は違いますけど、営業の仕事をしているんです。菱田さんとの結婚の話が持ち上がってからあちこちモデルハウスやモデルルームを見に行ったんですけど、どうしても営業テクニックとかそっちの方にも目がいっちゃって」

「はは……緊張しますね。私の点数は低そうだ」

ふざけた口調で言ってみたが、常盤は大真面目に答えた。

「いいえ。満点でした。ここで暮らすマイナスポイントまで踏まえて真摯《しんし》に話をしてくださった。だから栗野さんの、大切な方とここで暮らしたいってお話も素直に信じられたんです。本当にそう思っていらっしゃるんだろうなって感じられたから。菱田さんはまだ迷いがあったようですけど、私はあの時にはこちらを買わせていただこうと決めていました。でも、後でふっと思ったんです。菱田さんは本当に私の大切な人なのかしらって」

まずい。

聖明は笑顔を顔に張り付けたまま凍り付いた。

この話の展開から察するに、聖明の一言が破談を招いたらしい。

常盤はどこか思い詰めたような表情で滔々《とうとう》と語り続ける。

「私、もうすぐ三十歳になるんです。周りはバタバタと結婚していくし、母も親戚もせっつくし。結婚してくれる男もいないようじゃだめなんじゃないかってなんとなく思ってしまって、伯父《おじ》が紹介してくれた菱田さんとお付き合いするようになったんですけど、私、よく考えたら別に結婚する必要なんてないんですよね。ローン組めば自分で家が買えるくらいは稼いでいますし、菱田さんはいい方ですけど、何がなんでも結婚したいとは思えませんし。多分私、結婚に焦っていただけで、あの人の事別に好きじゃなかったと思うんです。これって、誠実じゃありませんよね」

穏やかな口調ではあったが、常盤には途中で口を挟むのを許さない迫力があった。

こういう客は時々いる。高額な買い物をする代わりに聖明たちに話し相手をさせるのだ。商談にかこつけ、家族や他の誰にも言えなかった、あるいは聞いてもらえなかった諸々《もろもろ》を際限なくぶつけてくる。

心を開いてくれたという事だから、それは別にいい。ここまでの信頼を勝ちとれば、相手は大抵こちらの望む物を買ってくれる。

だが常盤がここまであけすけに打ち明けてきたのは意外だった。話をしたがるのは大抵老人だ。若い女性なら普通、同じ若い女性の友達、もしくは家族を相談相手に選ぶものではないだろうか。

「常盤様、もしかして婚約破棄を周囲に反対されていらっしゃるんですか？」

常盤の言葉の流れがふつりと止まった。

疲れたように窓の外を眺める。冷めてしまったコーヒーを口元に運ぶ指にもう指輪はない。

「……私は普通の家で生まれ育ったのであまりそういうのはわからないんですけど、菱田さんは家柄がとてもいいんですって。お勤め先も一流企業で、母はとても菱田さんを気に入っていて」

「どなたか間に立ってくれる方はいないんですか」

「いません。友達にも菱田さんの事は話してませんでしたし」

聖明は違和感を覚えた。

常盤は友達がいないタイプには見えない。そして女というものは、恋人ができれば人に見せびらかしたがるものだと聖明は思っていた。家柄他が良ければ、特にだ。

綺麗に巻いた髪が頬を隠す。常盤は俯き、ちいさな声で告白した。

「菱田さんってその、地味でしょう？　友達がどんな感想を持つか容易に想像できたから、紹介しなかったんです。……そんな事が気になったのも、私があの人を好きじゃなかったからなんでしょうけど」

確かに菱田の容姿はいわゆる女受けするタイプではない。だが聖明はそれ程酷いとは思わなかった。

常盤は肯定して欲しいのだろうが、聖明には彼女の欲求を満たしてやる事はできない。

「結婚は、一生の問題です。気持ちは大事ですが、それだけで決めてしまっていいものだとは私は思いません。私の両親は好きあって駆け落ちしましたが、そのせいで随分お金に困っていました。どうしても一軒家が欲しくて、頑張ってお金を貯めてこの近くに家を買ったんですが、安いだけに場所が辺鄙でね。しかもとても古かったんです」

足の下できしきしと鳴る床板。なかなか開かない窓。寒い朝には洗面所のたらいに氷が張っている。蛇口をひねって出てくるのはみぞれ交じりの水だ。

「中学校にあがる頃まで、私は毎朝父と散歩がてら、薪《まき》を拾って歩いていました。夕方になると母がそれで風呂を沸かすんです。冬、暖をとるのも薪ストーブでした。家庭菜園でおかずになる菜っぱを育てて、それでも生活が苦しくて、両親は時々喧嘩していました。

余裕ができたのは私が社会人になって稼げるようになってからです。まあ、今、私みたいな経験はなかなかできないと思いますが、親御さんやお身内の方々は経験でどんな結婚が有利かわかっているから常盤様に菱田様を薦《すす》めたんじゃないでしょうか。菱田様は誠実そうでしたし、決して悪いお相手ではないとお見受けしました。その、もう少しゆっくり考えてみてはいかがかと私は思いますが」

常盤の攻撃的なまなざしが聖明を貫《つらぬ》いた。

「私、父は早くに亡くしてしまいましたので、家族は母だけなんです。今は元気で都心のマンションで一人暮らしをしていますけど、そのうち引き取って一緒に暮らす事になります。だから母と私が二人で暮らすのに充分なこじんまりとした家を提案していただきたいと思って伺ったんです」

だめだ、と聖明は思った。常盤は聖明の話など聞く気がない。

仕方なく聖明はファイルを広げた。間取りを示し、説明を始める。

「でしたら、こちらはいかがでしょうか。少し広めの駐車スペースは車椅子での移動に便利ですし、もちろん全てバリアフリーで……」

聖明としては家さえ買ってくれればいい。常盤の人生に踏み込むつもりはないし、そんな権利もない。

二階建ての小さな城。ここに彼女は母親が頼ってくるようになるまで一人で暮らすつもりなのだろう。

　聖明にはそれがなんだかとても寂しい事に思えた。


　常盤を案内した後、車で駅まで送り届けてから聖明はモデルハウスに戻った。

　受付のテーブルには相変わらず加島が一人でぽつんと座っている。

「おかえりなさーい」

　聖明もへらへらと手を振る加島の脇のパイプ椅子に腰を下ろした。

「状況はどうですか」

　加島が澄み渡った青空を見上げる。

「まあまあですね。今、応援部隊がご案内で出払ってます。チーフは早番ランチ」

「ランチか。昼、何食べよう」

　コーヒーが飲みたいなと聖明はぼんやり思った。職場のコーヒーメーカーで淹れる安っぽいコーヒーなんかではない、ちゃんと豆から挽《ひ》いてペーパーで落とした奴だ。

　レバーを回すとごりごりと音を立ててコーヒー豆が砕けていき、馥郁《ふくいく》とした香りが周囲に漂う。挽きたての豆で淹れたコーヒーは酸化していないから後味がすっきりしていてとてもおいしい。

だが加島の一言に聖明は現実に引き戻された。

「で、常盤様はどうでした」

聖明は重い口を開いた。

「小さな家を彼女個人で購入したいんだそうだ」

加島は楽しそうだ。

「個人で！　婚約者さんはどうしたんですか」

「別れたらしい」

「あー、やっぱり。釣りあっていないと思ったんですよねー。なんか菱田さんておたくっぽくありませんでした？　ちょっと挙動不審というか」

「研究職だって話だから、対人スキルが磨かれてないいんだろ。俺の友達にもああいうのいるぞ。そんなに悪いとは思わないがなあ」

菱田は常盤に恋していた。まだ彼女が恋人であるという状況に慣れていなかったのだろう。常盤の傍にいる間中そわそわしていたが、幸せそうだった。

「栗野さんみたいなイケメンがそーゆー事言っても説得力ないですよ。並んで立っているの見ちゃったら、俺が常盤様だったら絶対菱田様より栗野さん選びますもん」

「……なんでそこで俺が出てくるんだよ」

「だって栗野さん、背はそこそこ高いし、顔はイイし、髪型だっていつも決まってるしー。

大手建設会社の本社勤務だし、高給取りだし。うわ、菱田様破談になったの、粟野さんのせいかも。つか俺が菱田様だったらそう思っちゃいますね。だって破談になったのにまた家買いに来てんだもん」

「冗談でもそういう事を言うのはやめてくれ……」

常盤が自分に惚れているとは思わないが、自分がきっかけで別れ話に発展してしまったという点については当たっている。責任を感じ、聖明は頭を抱えた。

バスを降りると、周囲はもう薄暗くなっていた。

まだあたたかい餃子がどっさり入った紙袋を提げ、聖明はバス通りから外れる。車一台がようやく通れる幅の上り坂に、人影はない。街灯の間隔も広く、灯と灯の間には闇がある。

子供の頃、聖明はこの道が怖くて一人では歩けなかった。母親の手にしがみつき、何も見えない闇の中、必死に目を凝らし先に進んだものだ。

足の下で路面を覆う枯れ葉がかさかさと鳴る。

不意に闇の中にエメラルドグリーンの鬼火《おにび》が二つ湧いた。何かが枯れ葉を踏み近付いてくる。

足首を撫でたあたたかい感触に、聖明は微笑んだ。

「よう、シロ。おまえが出迎えてくれるなんて珍しいな」

なーおと甘えた声が聞こえる。きっと腹が減っているのだろう。

「これはおまえにはやらないぞ。餃子には塩が入っているからな。だが家までついてきたら、カリカリをやる」

「なーお」

猫を従え聖明は歩く。

子供でなくなった聖明にとってもう闇は怖いものではない。

怖いのは、別のものだ。

「わああ！」

不意に闇の奥から男の叫び声が響いてきた。

前方には街灯とは異なる白い光がある。聖明の家の門灯と、車のヘッドライトだ。家の前に、車が止まっている――――。

また来たのだろうか、この前の男が。

聖明は走り出した。

キャップを被った男が一人、門の前にいる。門の内側にも黒い影がある。

門が揺れ、けたたましい金属音が闇をつんざいた。影が閂《かんぬき》がかかったままの門を激しく揺さぶっているのだ。

夜気を震わせる犬よりも遙かに太く力強い遠吠えに聖明は思わず耳を押さえ、シロはあっという間に姿を消した。

キャップの男が聖明を振り返る。

「ああよかった粟野さん、おかえりなさい」

「あ」

聞き覚えのある声に、聖明は詰めていた息を吐き、足を止めた。キャップの男は顔見知りの配達員だった。

「荷物ですか？　ご苦労様です」

男は届け物を運んできてくれたのだろう。不在の際には門の中に荷物を置いていってくれるよう頼んであったのだが、その門の中には大きな狼がいた。前足を門の上に乗せて立ち上がり、牙を剥き出している。

「グレン、静かに」

黙るよう合図すると、グレンは憮然《ぶぜん》とした。

「いやあ、随分大きな犬を飼われたんですねえ。びっくりしましたよ」

聖明は乾いた笑みを浮かべた。

「はあ、あの、すいません。怪我とかしなかったですか？」

「大丈夫です。はいこちらサインお願いします」

聖明は小さな包みを受け取り、ボールペンを走らせる。

ご苦労様でしたと配達員をねぎらい、去って行く車を見送ると、聖明は門を開いた。

「ただいま」

ネクタイを緩めながらまっすぐに寝室に向かう。グレンも家の中に入り後をついてきた。人型の時とは異なり、廊下にあたった爪が硬質な音を立てる。

「何やってたんだ」

「あの男は勝手に縄張りに入ってこようとした。それに覚えのある臭いがしたから――」

「あの人は時々うちに物を届けに来てくれるんだ。だから匂いが残っていたんじゃないか？　それにしてもグレン、どうして獣型になってるんだ？　恥ずかしい事じゃなかったのか？　その姿になるのは」

グレンは憤慨した。

「人型で出るのはダメだとキヨアキが言ったからだろう！」

おや、まあ。

グレンは聖明の言い付けを守るために羞恥《しゅうち》プレイに甘んじたらしい。

なんて実直で可愛い奴なんだろう。

思わず相好《そうごう》を崩すと、グレンが低く唸った。

「キヨアキ。やめろ」

「やめろって何を」

「俺をそういう目で見るのをだ」

そういう目ってどういう目だろう。

いずれにせよ、聖明にグレンを見るのをやめる気はなかった。この威厳《いげん》のある美しい獣を眺めるのが大好きだからだ。

そして触るのも好き。

折角《せっかく》獣型なのだからと、聖明は上着をハンガーにかけてしまうとグレンに手を伸ばした。途端にグレンが逃げ腰になる。

「おい、やめろ」

「いいじゃないか。ちょっとだけ」

横にしゃがみこんで、びくびくしている狼の鼻づらを軽く撫でる。

頭や喉など気持ちいいであろう場所をあちこち撫でてやるが、グレンの緊張は取れない。ぎゅっと目を瞑って耐えている。もっとこう、ふつうの犬らしい媚態《びたい》を見せてくれてもいいのに。

だが、毎日手入れを怠《おこた》らないお陰でグレンの毛皮の感触は最高だった。

艶々の、もふもふ。これで腹を見せて甘えてくれたら松坂《まつざか》牛を一頭丸ごとだって貢《みつ》いでやるのにと、聖明はうっとり思う。

「……くそ」

ただでさえ凶悪なグレンの目が据わる。

不意に腕の中から毛皮が消えた。なめし革のような皮膚で覆われた太い首が取って代わる。

ん？　と首を傾げた時には背中が畳にあたっていた。

唇を何かあたたかい、柔らかなもので覆われる。

膝の間には裸の男の腰。

肉厚の舌が押し入ってきて、するりと聖明の舌を撫でた。

近すぎて焦点の合わない顔を聖明はぼんやりと見つめる。

——あれ？　もしかして俺、グレンにキスされてる？

嫌悪感は、なかった。

間近にある人の気配。触れ合う部分から伝わってくる体温がむしろ心地よい。

最後に軽くついばむように聖明の唇を吸い、グレンは起きあがった。唇と唇の間で唾液が細く糸を引き、切れる。

「だからやめろと言ったんだ」

忌々しげにグレンが吐き捨てる。

グレンの自分とは比較にならない程ご立派な性器が緩く勃ちあがっているのに気付き、聖明は目をぱちくりさせた。

え、まさか俺に欲情してるのか？　俺とヤりたいと思ってる？

今までそんな気配を感じた事などなかったのに、意外だ。

ええと、こういう場合、どうしたらいいんだろ。

かすかに線香の匂いがする畳の上に寝そべったままフリーズしていると、グレンは不意に立ち上がり裸のまま部屋を出ていった。どこか緊張している風な尻尾が最後に視界から消える。

＋　＋　＋

グレンに、キスされた。

気まずくなるかと思いきや、夕食の支度が調うとグレンは何事もなかったかのような顔で現れ食卓に着いた。

だがやはり今まで通りという訳にはいかず、大皿いっぱいの餃子を黙りこくってつついている。

「グレン。あのさ、なんでさっきキスなんてしてきたんだ？」

聖明も負けずに餃子を頬張りながら、水を向けた。

グレンの眉がぴくりと動く。不機嫌そうに聖明を睨《ね》め付け、口を開けかける。

だがグレンは結局何も言わず、その代わりとばかりに餃子を豪快に口に放り込んだ。食事が終わると大抵一緒にソファでテレビを見るのに、さっとどこかへ姿を消してしまう。

仕方がないので聖明は一人でソファに腰掛けた。

「黙っているほうが気まずいっつーの」

子供じゃあるまいし、キスの一つや二つ、大した事じゃない。それよりもグレンはちゃんと説明すべきだ。どうしてキスしたのか。

「あーでも、好きって言われたら、どうしよう」

聖明に男に惚れられて喜ぶような性癖はない。

だがグレンにキスされて、聖明は厭だと感じなかった。

「はは……なんでだろ」

ごつい、これ以上ないくらい男らしい男で、女の子とはまるで違うのに。

グレンがわんこの姿も持っているからだろうか。小鉄に似た見かけに誑《たぶら》かされている？

「いくら何でもそんな訳ないか……」

胸の奥、深い場所で何かがざわざわと騒ぐ。

聖明はいつもと同じように一人で後片づけを済ませた。一段落ついてからふと思い出す。

そういえば、今日届いた宅急便の中身をまだ見ていない。

書類でも入れるような平たいパッケージは玄関に置きっぱなしになっていた。テープを破り逆さにすると、一枚の葉書が出てくる。

「なんだ……これ……」

表に返して見た手が止まった。聖明は瞬きもせずそこに印刷された写真を凝視する。

「なんで今更こんなものが……？」

それは古い年賀状だった。幼い子供を抱いた夫婦が写っている。父と、母だ。となると、子供は聖明なのだろう。

意味が、わからなかった。

パッケージを改めて見ると、差出人は父の名になっている。

……ありえない。

様々な可能性が頭の中を駆け巡ったが、聖明はその全てを閉め出した。これこそ、夢みたいだった。突拍子《とっぴょうし》のない、悪夢。

すうっと現実感が薄らぐ。

急に不器用になった指で、聖明は葉書をパッケージに戻した。

……これの事は、後で考えよう。もっと気持ちに余裕がある時。とにかく今はまだ考えたくない。

とりあえず仏壇の下に立てかけ、聖明は無意識に両手を擦りあわせる。

何か他の事をしようと思うが、どうにも落ち着かない。気が付くと年賀状の事を考えてしまう。

——ぶうんと耳の奥で羽音が唸り始める。

我慢できなくなり、聖明は立ち上がった。足音を忍ばせて廊下を進み、寝室を覗く。

グレンはもう布団に入っていた。

背を向け眠る男を、聖明はしばらく細く開いた襖《ふすま》の隙間から見つめた。

広い背中を見るだけで、少し気が楽になる。

獣型になって、抱き締めさせてくれないかな。

キスされたばかりなのに、懲《こ》りもせずそんな事を思う。

だが折角気持ちよさそうに眠っているのに、起こすのは可哀想だ。聖明はそろそろと襖を閉めた。

……明日また触らせてもらおう。

後ろ髪を引かれつつリビングへと戻る。

寝室の中、起きあがったグレンが、難しい表情で閉まった襖を睨んでいたのを、聖明は知らない。

＋　＋　＋

鳥が、さえずっている。

仲間同士――家族かもしれない――で鳴き交わす声がすぐ傍で聞こえる。

障子の向こうで忙しく動き回る小鳥の影を、聖明はしばらくぼうっと眺めた。

それからふと隣の布団に目を遣《や》って、ギクリとする。

グレンが、いない。

一瞬で眠気が吹っ飛び、聖明は急いで廊下に出た。かすかに猫の声がする。シロが来ているらしい。

シロがいるならグレンが引き寄せられている可能性は高い。聖明は声のするリビングへと足を向けた。

開け放たれたままになっていた障子の奥を覗き込むと、いた。

いつの間に覚えたのか、キッチンの上の棚を勝手に開けカリカリをシロにやっている。

しゃがみ込み、食事をするシロを眺めていたグレンが顔を上げた。

「おはよう」

顎に薄く髭が浮いている。

「んー」

「腹が減っていたらしい。うるさく鳴くのでカリカリをやった」

「ふーん」

グレンは相変わらず何を考えているのかわからない仏頂面でシロを見つめている。シロに大分馴れてきたようだ。耳も尻尾もリラックスしている。

グレンの泰然とした姿に安心し、聖明はポットの湯で茶を淹れた。昨夜タイマーを仕掛けておいたおかげで、飯が炊きあがっている。

仏壇にお供えを並べると、聖明は線香に火をつけた。正座し、軽くリンを鳴らす。

ふと横を見ると、食事を終えたシロが少し間を開け聖明と並んで座っていた。

聖明は小さく微笑みシロと一緒に遺影を見つめる。真新しい仏壇は埃一つない。妙に綺麗で、そのせいか、ただの飾りもののようだ。

「会社とやらに行かなくていいのか」

気が付くと、グレンがすぐ脇にしゃがみ込んでいた。

会社？　と一瞬考え込み、はっとする。

シロがいなくなっていた。日当たりのいい縁側に移動し、寝そべっている。

線香も既に短い。いつの間にかぼんやりしていたらしい。

まずい。また飯を食う時間がなくなってしまう。

「行く。行く行く」

聖明は慌てて火を消しにかかる、その横でグレンが手を伸ばした。

「キヨアキ。これは――」

昨夜届いたパッケージを取り上げようとしているのに気が付き、聖明は反射的にひったくった。

「触るな！」

鋭い視線が聖明を薙ぐ。

言い方がきつ過ぎた、そう思ったが、フォローする余裕は聖明にはなかった。神経質な手付きでパッケージを元の場所に戻す。

「キヨアキ」

「これには、触るな」

もう一度、聖明が畳みかけるように言うと、何か言いたそうにしていたもののグレンは口を噤んだ。

「なんか今日の粟野さん、元気なくないですか？」

「あ、やっぱりですか。私もそう思っていました！」

昼休みだった。事務所の隅に置かれた長机に寄り集まり弁当を開けたところで加島とバイトの子に見つめられ、聖明はう、と割り箸の先を噛んだ。

「なんだよ。別に何もないぞ」

そうだ、何もない。

ハガキの事は当分考えない事に決めたのだ。

「そうですかあ？」

「ないけど……」

聖明が今日買ってきた弁当はチーズハンバーグだった。ちょっと高いなと思いつつ買ってみたのだが、トマトを煮込んで作ったらしいソースが実においしい。反射的にグレンにも食べさせてやりたいなあなどと考えてしまい、聖明は苦笑する。

「犬がさ――」

「犬？」

「あ、凶暴な大型犬を飼い始めたって言ってましたよね」

聖明はハガキの代わりにグレンについて語る事にした。

「んー、その犬が昨夜ちょっとおイタをしたんだよな」

　本当はおイタなんて可愛いものではないが、男に唇を奪われたなんて同じ職場の人間に教えるつもりはない。

「悪い事をしたってわかっているのか、今朝はなんかおとなしくて。でもちょっと触って欲しくない物に触ろうとしたものだから俺がまた叱り付けたら、本当におとなしくなってしまったんだ」

　あれからグレンは聖明が出勤するまでむっつりと黙り込んでいた。

「でかくてふてぶてしー犬だけど、なんか気になってさ。元々野良だしこうしている間にどっかに行ってしまったりしないかな、なんて」

「犬の事が気になって元気がなかったんですか……」

　焼き肉弁当を広げた加島は途端に興味をなくしたようだった。バイトの子は逆に大きく頷く。

「それは心配ですね。わかります！　私も猫飼っているんですけど、何かあるともう、何していても気になって気になってしょうがないんですよね」

「えー、だってペットだろ」

「……犬大好きな奴とは思えない発言だな」

　加島がしまったという顔になった。

「加島さん、たかがペットって思ってるんですね。甘いです。わんこもにゃんこも人間より全然素直で可愛いんですよ！」

「はいはい、知っていますよ。よくペットは家族だってフレーズ耳にしますから」

バイトの子が両手を握りあわせた。飼っている猫の事を考えているのだろう、うっとりと目を細める。

「私の場合、家族なんてもんじゃありませんね。むしろ恋人です。それもラップラブな」

ハンバーグを食べていた聖明が咳込んだ。

「やだ、どうしたんですか、粟野さん。大丈夫ですか」

肉片が変な所に入ってしまい苦しむ聖明の背中をバイトの子が叩く。

タイミング悪く電話が鳴り始めた。

「あ、俺出ます」

「う、ごめ、ゲホ」

加島が身軽に席を立ち、電話を取った。電話メモを引き寄せながらはきはきと対応を始める。

その表情が、曇った。

「は？　はい、申し訳ありません、ただいま粟野は外出しておりまして」

ペットボトルのお茶を飲もうとしていた聖明は動きを止め加島を振り返った。加島も聖明を見ているが、手で出る必要はないと合図してくる。

「ええ、お客様をご案内している時は連絡がつきにくい事がございまして。……いえ、そういう訳ではございません。戻って来ましたら必ず連絡させていただきますので、まずは私がお話を承《うけたまわ》ります」

トラブルだ。

一瞬でグレンの事など頭から吹き飛んだ。

心配するバイトの子はシフト通り仕事に戻らせ、聖明は雑務を片付けながら加島の様子を窺う。

加島が電話を切るまで一時間近くかかった。

「話が長っげーんだよ！」

畏《かしこ》まって客の話を聞いていた加島は、電話が切れる音が聞こえるなり罵《ののし》った。手元の電話メモは書き込みで真っ黒になっている。

「替わってくれてよかったのに」

「いや、あちらさん、頭に血が上ってどうしようもなくなっているから、今粟野さんが出たらもっと興奮して手が付けられなくなっていたと思います。関係ない俺相手でも結構支離滅裂でしたから」

「相手は？」

休憩のため戻ってきていた大隈が電話メモを手に取る。

「菱田様です」

「菱田様って、常盤様の婚約者だった？」

「そう、あの挙動不審男ですよ。要約すると、先日見学に訪れた際、粟野さんが常盤様を誘惑したため破談に至った、どうしてくれるんだと」

「…………は？」

「ふられた八つ当たりか」

「でしょうね」

あっけにとられている聖明をよそに、大隈と加島は頷きあっている。

「あの、俺、誘惑なんてしてないんですけど」

「粟野にそのつもりがなくても菱田様にはそう見えたんだろう。粟野、男前だから」

「やめてくださいよ……」

コーヒーを飲みながら大隈が肩を竦めた。

「とにかく相手はお客様だ。丁重に宥《なだ》めてくれ。第三者の加島に一旦全部吐き出した事だし、少しは頭が冷えているだろう。三十分くらいおいて折り返したらいい」

「……はい」

文句を言われるに決まっている相手に電話をするのは気が重い。だがこれも仕事である。

きっちり三十分後、まだ大隈も加島もいるところで聖明は菱田に折り返しの電話を入れた。

大隈は少しは落ち着いているだろうと言ったが、菱田は完全にヒステリー状態だった。上擦った声で一方的に捲くしたて、こちらの話は聞こうとしない。興奮のあまり、時々電話の向こうで泣いている気配すらある。

ただ、聖明に支離滅裂な文句を並べ立てるだけで、菱田は何を要求してくる訳でもなかった。罵る事で悲しみを発散させているのだろう。

相手をするのもバカバカしいクレームではあるが、適当な対応をして社のイメージを傷付ける訳にもいかない。聖明は誠心誠意、菱田の気持ちを和らげようと努めた。


……疲れた。

もう何も考えたくない。

聖明は足を機械的に前に出し、暗い坂道を上りきる。玄関の戸をからりと引き開けると、そこには腹を空かせた大男が待っていた。偉そうに両腕を胸の前で組み、聖明を見下ろしている。

「遅かったな。今日の晩飯は？」

……晩飯は、だと？

脳天気な要求に怒りがこみ上げてくる。

あんたはヒモか。俺が必死に働いてる間家で家でぐうたらして、おまけにキスなんかして人の心を惑わしやがって。

聖明は足下を勢いよく指した。

「獣型になれ」

「……ああ？」

「食わせてもらいたかったら獣型になれってんだよ！」

グレンの唇が厭そうにひん曲げられた。

しばしの間睨み合いが続く。

拒否するかと思ったが最初の取り決めを覚えていたのだろう、グレンは渋々獣型になった。鼻に皺を寄せた大変可愛くない顔で聖明の前にお座りする。

聖明は無言でグレンの頭をぐりぐりと撫でくり回した。

躯の傷はほとんど癒えていると知っているので遠慮はしない。無抵抗なのをいい事に、毛並みを滅茶苦茶にする。最後に首っ玉に抱き付いて分厚い毛皮に顔を埋めると、グレンは躯を強張らせた。狼狽《うろた》え後ろへと逃げようとする躯を、聖明はますますきつく抱き締める。

「……疲れた……」

聖明が思わず漏らした呟きに、グレンがもがくのを止めた。

「……何かあったのか？」

濡れた鼻先がおずおずと聖明の後ろ頭をつつく。

何があったのかだと？　あったとも！

聖明は両手でグレンの豊かな毛並みを握り締めた。

「昼からずっと厭な奴に仕事の邪魔されてたんだ」

「……それでこんなに帰りが遅くなったのか？」

頷く振りをして聖明はグレンの毛皮に顔を埋めた。くたびれているからだろうか、グレンの毛並がいつにも増して艶やかに感じられる。

「二時間半だぜ？　加島がその前に一時間話を聞いているのにネチネチネチネチ……ようやく終わったと思って仕事に戻ったのに、終業間近になったらまた電話かけてくる。付き合わせるのも悪いから皆には先に帰ってもらったが、その後誰もいない事務室で八時過ぎまで電話に付き合わされた。週末だってのに他にやる事ねーのかっつーの。ったく」

菱田は精神を病んでいるのではないかと思う程しつこかった。言っても仕方がない繰言を延々と繰り返す。

クレーム対応というものがこれ程消耗《しょうもう》するものだという事を、聖明は初めて知った。

菱田が特別なのかもしれないが、とにかく話が通じない。頭がおかしくなりそうだ。

お客様を宥めるためとはいえ、費《つい》やされた時間が無駄に思えて仕方がない。やるべき仕事は他にも山程あったのだ。

「相手をしない訳にはいかないのか？」

「お客様だからな。ウチはどんなお客様にも誠実に対応する方針なんだ。しかもあいつ、今日だけで済まない気がする。来週も暇さえあれば電話かけてきそう。あーやだやだ」

しかしお客様に滅多な事を言う訳にはいかない。

長い毛を握り締める聖明の手を、グレンが舐めた。

「その男の巣の在処《ありか》を、キヨアキは知っているのか」

「ん？　まあ、この間アンケートに書いてもらったからな」

住所などのデータは全て保管されている。会社のPCを使えばいつでも引き出せる。

「ではその場所を教えろ。俺がその男と話をつけてきてやろう。キヨアキの邪魔をしてはいけないのだと躯に教え込んでやる」

グレンが大きな牙を剥き出して見せる。気持ちは嬉しいが、

「残念ながらこの世界ではそういうのはだめなんだ。暴力禁止」

「はて、俺はこの間ナイフを振り回す男を見たが」

玄関を汚す血のイメージを思い出し、聖明は顔を顰めた。

「それは……ルール違反だ。そんな事をしたら罰せられる」

「ナイフを振り回した男は罰せられたのか？」

「うーん、それは……」

聖明は唇を噛む。

悪人が必ずしも罰せられる訳ではない。認めたくはないがそれもまた真《しん》だ。

「どんなに理《ことわり》を尽くそうとしても、隠れてルールを破る者はいる。そうだろう？　俺は本来この世界には存在せず、おまえたちの常識では計れない力を持つ。ルールを破ってもおそらく警察とやらは俺を捕らえられまい」

「……警察なんて単語、俺、教えたっけ」

狼は得意そうに胸を張った。

「刑事ドラマを見て勉強した。俺だっていつまでもこの世界について不案内なままではないのだ。心配はいらん。必要ならいつでも俺に言え。俺がキヨアキを悩ませる者をヤミウチしてやる」

「闇討ちって……はは、ありがたいが本当にいいから。お気持ちだけ受け取っておくよ」

思わず大きな頭を撫でてやると、グレンは気持ち良さそうに耳を倒した。

「もどかしいな。どうにかしてやりたいのに、俺にはキヨアキを守る方法がわからん」

うわあ。

「は……はは、さんきゅ。俺ってば愛されてんなー……」

こんな言葉、冗談以外の何ものでもない筈だった。

当然だ。グレンは別の世界の住人で、種族すら異なる狼で、何より同じモノのついている男なのだから。

だが、グレンは聖明の言葉を聞くなりぴんと耳を立てた。

聖明の目には、動揺、しているように見えた。

動揺？　何にだ？　愛されているって言葉にか？

「グレ、ン？」

指の間の毛皮が滑る。大きな獣は身を翻《ひるがえ》し、聖明の腕の中から逃れた。

風のような速さで廊下を駆け去ってゆくグレンを、聖明は呆然と見送る。後には皮の騎士服が抜《ぬ》け殻《がら》のように落ちていた。

「え……え？　ちょ、嘘だろ。なあ、グレン!?」

聖明の顔がかあっと熱くなった。

菱田のせいですっかり忘れていたが、そういえば昨夜、聖明はグレンにキスされたのだった。

あれはやっぱりそういう事だったのだろうか。

「俺、もしかしてマジであいつに愛されてんのか？」

まずい。胸がきゅんきゅんしてきた。

ごつい男に惚れられるのはぞっとしないが、グレンは美しい狼の姿も持つ。あの大きな狼に鼻先をちょんとされて求愛なんかされた日には、うっかり頷いてしまいそうだと聖明は思う。

「どうにかしてやりたいと、言ってくれたしな……」

あの不器用な男が大真面目に口にしたという事は、本気なのだ。グレンは本当に聖明を守りたいと思っている。

「うあ、やっべ……」

嬉しい、かもしれない。

いや、違う。——滅茶苦茶《めちゃくちゃ》嬉しい。

でも、そんなのまずいだろと、聖明は己を戒《いまし》める。男同士なのだ。キスならまあいいが——その先はまずい。

聖明はよたよたとグレンの衣類を拾い集める。まだあたたかい皮の衣装はグレンの匂いがした。

＋　＋　＋

一週間が経とうとしているのに、菱田はまだ電話攻撃を続けていた。

聖明は受話器を置き、小さな溜息をつく。

事務机の表面にはバイトの子が貼り付けていった付箋《ふせん》が整然と並んでいる。出入業者からの発注確認電話、お客様からの問い合わせ電話メモ、来客の呼び出し。最後のメモを握り締め、聖明は急いで席を立つ。バイトの子に電話番を任せプレハブの事務室を出ると、春一番だろうか、桜の花びらが交じる強い風が吹き抜けた。

飛び石を伝って芝生《しばふ》を横切り、勝手口からモデルハウスの中に入る。

物憂《ものう》げな表情で窓の外を見つめていた常盤は、聖明に気が付くとさっと立ち上がった。

「こんにちは、粟野さん」

「申し訳ありません、お待たせしてしまいまして」

「いいえ。私こそ何回もわずらわせてしまってごめんなさい。この間のお話通り決めようと思っているんですけど、その前にもう一度見ておきたくて」

「どうぞお気になさらず、何度でも見に来てください。ああ、ただ申し訳ありません、車が――」

皆出払っているらしい、駐車スペースに一台も残っていない。

「そんなに遠くなかったでしょう？　歩いても行けますよね」

「五分程です。今日は天気がいいから歩いて行った方が気持ちいいかもしれませんね」

受付に残っていたバイトに声をかけ、聖明は外に出た。ほとんど車通りのない道をぶらぶらと歩いていく。歩道の際では植樹されて間もない桜がぽつりぽつりと花を咲かせていた。

「確かに気持ちがいい陽気ですね。私、生まれた時から下町育ちだから、こういう田舎に憧れていたんです」

常盤の綺麗に巻かれた髪も薄桃色に染められた瞼も都会風で、辺りを取り巻く素朴な風景から浮いている。ここに引っ越してきた常盤がどんな暮らしをするのか、聖明には想像できない。

「菱田様はあれから……？」

それとなく水を向けると、常盤は堰《せき》を切ったように話し始めた。

「毎晩電話かけてくるんですよね。結婚なんか考えられないって言っているのにしつっこくて。携帯の着信拒否したら母や伯父にまで電話しているみたい。あの人ちょっとどこかおかしいんじゃないかしら。まあ、おかげで結婚プッシュしていた親族たちも引き始めたみたいですけど」

電話攻撃を受けていたのは聖明だけではなかったらしい。ほっとすると同時にぞっとした。

「常盤様が改めてこちらで物件を求めているのを菱田様はご存知なのでしょうか」

「どうかしら。初めのうちはあんなにおかしい男だとは気付かなかったからもしかしたら口にしたかも――」

常盤の足が止まった。いきなり聖明に向き直る。

「あの男、こっちにも何か言ってきているの!?」

「あー」

聖明は頭を掻いた。

こんな事は言うべきではないのかもしれない。だが、この一週間しつこくかかってくる電話に聖明は辟易《へきえき》していた。

上とも相談の結果、菱田の電話にまともに相手をする必要はないという事にはなってい る。適当に出張だの接客中だの嘘を言って聖明に取り次がないよう、バイトの子にも伝達された。だがろくに社会経験のないバイトの子にはしつこく食い下がる菱田をうまくさばく事ができなかった。

浴びせられる心無い言葉に涙目になっているのを見れば放ってはおけないし、聖明が直接電話を取ってしまう事もある。加島や大隈が出ればおまえの会社は社員にどういう教育をしているんだ等々これまたしつこく絡んでくるらしい。

恐らく仕事にも行かず電話をかけてくる菱田のせいで、事務所の業務は破綻しかけていた。ただでさえ頭数が少ないのに常に一人が電話にかかりきりにさせられるのだ。そろそろ警察か弁護士と相談しようかという話も出ている。

「その、あまり気になさらないでいただきたいのですが、常盤様も知っておいた方がいいと思いますので申し上げます」

「――なあに?」

「菱田様は私があなたを誘惑したので、破談になったのだと思っていらっしゃるようです」

「――――え?」

常盤は心底意外そうだった。

「それって何? 私が菱田さんから栗野さんに心変わりしたとか、そういう事? もしかして栗野さん、菱田さんから嫌がらせとかされているの?」

鋭い。

聖明は溜息をついた。

「事務所にひっきりなしに電話がかかってくるんです。様子を見ていましたが業務に差し支えるので、もう少し強い対応をさせていただこうかと上と相談しているところです」

「――――あきれた!」

思いの外大きな声が人気のない通りに響いた。

「あの男そんな事までしていたんだ。ばっかじゃないの？　信じられない！　栗野さんには悪いけど、本当にあの男との事考え直してよかったわ。うっかり結婚するところだったと思うとぞっとする」

常盤は両腕で自分の躯を抱き締めた。

「今夜電話かけてきたらもう遠慮しない。全部はっきり言ってやるわ。栗野さんへの嫌がらせもやめるよう、話をするから」

「そんな事はなさらないでください。私たちは私たちで何とでもできますし、常盤様は女性なんですから。その、こんな事を考えたくはありませんが、昨今《さっこん》は恐ろしい事件も多い事ですし、あまり菱田様を刺激されない方が」

「大丈夫よ。あんまりしつこいから、もう会社にも地元の警察にも相談済みなの。私の住んでいるマンションは商店街の中で、襲うにも難しい場所だと思うし、上下両隣の住民にも元婚約者に付きまとわれているって話してあるから、もしもの時は助けになってくれると思う」

常盤の有能そうな外見は伊達《だて》ではなかったらしい。

「栗野さんこそ大丈夫なの？　家、この近くなんでしょう？　この間、あの丘の辺りなんですなんてあの男に教えてしまっていたわよね。栗野さんの方が私より余程無防備で危険じゃないかと思うんだけど」

「私は大丈夫です」

聖明は何の根拠もなく、断言した。

狼男が迷い込んできたり、刃物を持った謎の男に侵入されたりといった異常な事態に現在進行形で見舞われてるのにも拘わらず、聖明はよりによって自分にそんな変事《へんじ》がふりかかる筈はないと、漠然と信じていたのだ。

「そうお？」

心配そうに眉を顰める常盤に、聖明は前方を指し示す。

「あ、ほら常盤様、見えてきましたよ」

常盤が買おうとしている家は赤い屋根の家だった。窓ガラスに日差しが反射して白く光っている。

庭には一本だけ街路樹と同じく弱々しい桜の木が蕾《つぼみ》の膨らんだ枝を伸ばしていた。

＋　＋　＋

黒々とした空に、欠けた月が浮かんでいる。

聖明が髪を拭きながら風呂を出ると、縁側に正座し月を見上げているグレンの姿が見えた。

シロも隣に座り込み、グレンと同じ方向を見つめている。ふくふくとした躯を丸めているので猫と言うより大福のようだ。

「最近帰りが早いな」

不意に低い声が響いた聖明は裸足《はだし》のままグレンへと歩み寄る。

「例の男が嫌がらせを諦めたみたいなんだ。おかげで仕事がスムーズに終わる」

常盤に告げたのがいい方向に転がったらしい、菱田の電話はぴたりと止んでいた。おかげで今日は定時に仕事を上がれた。折角なので聖明は大量の肉を買い込みハンバーグを作った。仕事場近くの弁当屋の程うまくはできなかったが、かなり美味にできたと聖明は思ってる。草鞋《わらじ》のように大きなハンバーグ二つをグレンはぺろりと平らげた。

「グレンが戦ったっていうナイフ男はあいつだったんじゃないか。電話攻撃といいとんでもない奴だったが、好きだった女に引導《いんどう》渡されて改心したんならホント良かった」

聖明はすっかり安心していた。

「そうか。あれが片付いたならもう大丈夫だな」

グレンがのっそりと立ち上がる。

ずっと床の間に立てかけてあった大剣がその手にあった。おまけに先に風呂に入った筈なのに、グレンは浴衣ではなく黒皮の服を身につけている。

聖明はぽかんとグレンの顔を見上げた。

「グレン？」

「傷も癒えたし、そろそろ帰ろうと思う」

沓脱石《くつぬぎいし》の上に、グレンが異世界から履いてきたブーツがあった。いつの間にか汚れは綺麗に拭われ磨き上げられている。

グレンはブーツに足をつっこみ、皮紐を締め始めた。

「えーと。もしかしてシルヴァに帰る、つもりなのか？」

まさかと思いつつ尋ねる聖明に、グレンは淡々と答える。

「そうだ」

グレンが沓脱石の上に立ち上がると、闇を背景に堂々たる体躯がそびえ立った。

「でも、帰り方、わかるのか？」

「何もない空間に魔力を注ぎ込めば、それだけで歪《ゲートの礎》が生まれる。あの場にいた者たちは俺がゲートに巻き込まれた事を知っている筈だからな、呼べば遣い手の誰かが気付き引っ張ってくれるだろう」

「あ……そう、なのか……。でも向こう、戦争中で危険なんだろ？　もうしばらくここにいた方がいいんじゃないか？」

「危険だから帰るのだ。俺は王をお守りせねばならない」

月光が降り注ぐ荒れた庭にグレンは降りていった。大剣を背に負い、月を見上げる。

あんまりにも突然の展開に、聖明は戸惑《とまど》った。

傷が治ったからっていきなり『帰る』なんて、アリか？

俺のためなら何でもするって言ったのに……あ、それは菱田がおとなしくなったから大丈夫って事になってしまったのか。

うわ、どうしよう。

縁側に突っ立ったままの聖明を、グレンが庭の中央で振り返る。熱情めいたものをまとう苛烈なまなざしに、聖明は吸い込まれそうな引力を感じたが、グレンはまたすぐ背中を向けてしまった。

負った鞘から剣を抜く。長い柄を両手で掴み、構える。

月の光に刀身が鈍く光る。

聖明はその場に座り込み、グレンを見つめた。前足をちょんと揃えたシロが聖明を見上げ、なーんと鳴く。

ひでー話だ。

毎日、甲斐甲斐しく餌を与え面倒を見てやったのに、おまえは俺を置いてゆくのか。

グレンがいなくなったら、俺はまた一人になってしまうのに。

——ひとりぼっちに。

聖明の躯から力が抜けた。また取り残される恐怖に、指先が震える。

いきなりキスした事についても、グレンからは何の説明もないままだった。しつこく聞くのもおとなげないと思って今日まで来てしまったが、さよならするとなるとそうはいかない。今を逃したら永久に答えは得られないのだ。

グレンの本当の気持ちを知りたい。

だから。

グレン、と呼びかけようとした時だった。いきなりグレンが振り向いて怒鳴った。

「いい加減にしろ！」

構えていた剣が光を失う。グレンは剣を地面に突き刺すと、大股に縁側へと戻ってきた。

「人が集中しようとしている時にうるさい！　少しは俺の事を考えるのをやめろ！」

目の前に仁王立ちになり激怒している男に、聖明は首を傾げた。

「え、何それ。あんたもしかして、俺が考えている事がわかるのか？」

「そんなものがわかる訳なかろうが！　気配を感じるだけだ。敵に狙われた時と同じように、背筋の辺りがざわざわする」

「へー、そんなのを感じるんだ。ん？　もしかして今までも感じていたりしたのか？」

グレンは凄い目で聖明を睨み付けた。

その通りだったらしい。

「なぜおまえは四六時中、俺の事を考えているんだ？」

聖明は真面目に考えた。

「うーん、グレンが可愛いから？」

グレンの鉄拳が縁側にめり込む。

「あ、もしかして俺、魔法の邪魔してしまったのか？　ごめん、謝る」

うなだれたグレンが、疲れたように縁側に腰を下ろした。

「いや。やはり俺の魔力では足りなかった。だが、この世界の理《ことわり》はわかったような気がする」

「コトワリ？」

「月だ」

太い首をのけぞらせ、グレンは空を見上げた。棚引く雲が月に懸かり、白く発光しているように見える。

「あそこに魔力が溜められている。月が満ちれば、この世界に満ちる魔力は高まり俺に充分な魔力を与えてくれるだろう」

満ちる月――――満月。

そういえばグレンが現れた夜も満月だった。だから聖明は月見酒と洒落こんでいたのだ。次の満月まであと一週間余り。

「――――くそっ、いつまでもこんな所で安穏《あんのん》と過ごしている訳にはいかないのに――――」

吐き捨てるように言われ、聖明の胸はきりきりと痛んだ。

「悪かったな〝こんな所〟で。集中乱して、邪魔してさ」

柱に寄りかかり、は、となげやりな笑い声を上げると、グレンが狼狽えたように耳をぺたりと寝かせる。

「いや――――キヨアキには、感謝している」

「あっそ」

折角風呂に入ったのに、足先が冷たくなってしまった。

聖明が立ち上がると、グレンが慌てた声を上げる。

「キヨアキ」

「剣、あんな所に刺しておいたら錆《さ》びるぞ」

聖明は台所に入り、酒瓶を取り出した。グレンと初めて出会った夜に飲んでいた濁り酒だ。あと五センチ程しか残っていないが、明日も仕事だしちょうどいいだろう。

二つのコップに酒を注いでいると、剣を片付けてきたのだろうグレンが戻ってきた。アルコールの匂いに気付き、鼻をひくつかせている。

聖明はグレンに酒の入ったグラスを渡すと、テレビの前のソファに腰を下ろした。

「あのさ。帰るんなら、せめて前日までに申告してくれ。こっちだって心の準備ってのががいるんだ」

「……む」

「なんかヒトより勘がいいっぽいからわかってるんだろうが、俺はあんたが好きなんだし」

「…………キヨアキが好きなのは、俺ではなく俺の毛皮だろう」

思いがけない反論に、聖明は瞬いた。

「それだって好きなのに変わりないだろ？」

確かに聖明が抱き付きたいと思うのは、無骨《ぶこつ》な男の姿ではなく、ふかふかもふもふ、小鉄似の姿の時だった。グレンという存在自体も好きになってきてはいるが、さすがに逞しい胸板に顔を埋めて堪能したいとは思えない。——多分。

グレンは聖明を睨み付けると、勢いよく酒を呷った。

あーやっぱりこいつ、俺を好きっぽいなと聖明は思う。

「次の満月には帰ってしまうのか？」

「そのつもりだ」

「なんで？」

「……なんで？」

聖明はソファの上であぐらを掻いた。

「戦争って殺し合いだろ。偉い人の都合で始まるが傷付くのは戦いへと駆り出された下々《しもじも》ってイメージが俺にはある。あんたは王様が好きみたいだが、他人のために戦って死ぬなんてバカらしくないか？　帰ったりしないでここにいろよ」

グレンは底光りする目を聖明に向けた。

「何も知らない癖に余計な事を言うな。俺は望んで戦いに加わったのだ。奴らを皆殺しにしてやりたくてな」

白々とした蛍光灯の光の下、グレンは歯を剥き出し、獣の本性《ほんしょう》を露わにした。

「幼い狼の子は一群《いちぐん》に集められ、成人を迎えるまでは身分差など関係なく育てられる。俺はアシル王とその兄、オーレリーとはまるで兄弟のように育った。幼かった俺に狩りの仕方を教えてくれたのはアシル王だ。獲物の捌《さば》き方を教えてくれたのはオーレリー。そのオーレリーを、奴らは殺した」

グレンは月を振り仰いだ。

「俺は絶対に奴らを許さん。一匹残らず根絶やしにしてやる。狼族は皆同じ気持ちで戦っている。戦いから逃れたいなどと考える、情のない者は一人もいない」

ぐるる、とグレンの喉から恐ろしい唸り声があがる。聖明は虚ろな気分で目を逸《そ》らした。

「……そっか……」

そんなに強い〝帰りたい理由〟があるのか。

毎日のんきにだらだら過ごしているから、帰る事など忘れてしまっているのかと思っていたが、グレンには聖明に浪費している時間などなかったらしい。

帰ったら戦で死ぬかもしれないのに、グレンに迷いはないようだった。

聖明の耳の奥に異音が生じる。

無数の羽が震えているような、厭な音が。

聖明は歯を食いしばり、そんな音など聞こえない振りをした。

「俺は早く帰りたい。ここは安全であたたかく飯も旨《うま》いが、俺はこんな所で安穏と時間を浪費している訳にはいかないのだ」

半ば自分に言い聞かせるように呟き、グレンは酒を呷る。聖明はその背中を元気づけるように叩いた。

グレンは帰る。遠からぬ将来、帰ってしまう。聖明にそれを止める術《すべ》はない。

+　+　+

グレンが来てから、聖明は満たされていた。

夜中、厭な夢を見て目を覚ましても、眠るグレンの気配が隣にあるだけで気が安まる。

毎夜、何を食べさせてやろうかと考えるのも楽しい。とにかく量を食べるので財布には大打撃だが、新しいメニューを口にする度、グレンは素直に感動を表す。迫力のある仏頂面が定番の男が、子犬のように尻尾を振る様を眺めていると、穏やかな気分になれる。

――なのに。

「にーさん、今日はここで降りないのかい」

不意に肩を揺らされ、聖明は目を覚ました。いつも同じバスに乗り合わせる老人が聖明の顔を覗き込んでいる。

バスが降りるべき停留所に停まっているのに気が付き、聖明は慌てて荷物を抱えた。

「降ります！　すいません、ありがとうございました」

名前も知らない老人がほとんど歯の残っていない口元を歪め、笑う。

バスを降りると、聖明は荷物を抱え直し、いつものように坂道を上がっていった。

街灯は点灯していない。

夜が訪れる直前の空疎な明るさが世界を満たしている。

視界の端で黒いものが動いたような気がして聖明は足を止めた。坂を挟む林を見渡してみるが、よく見えない。

逢魔《おうま》が時《とき》。

そんな言葉を思い出し、聖明はぶるりと身を震わせる。

早くグレンが待っている家に帰ろう。

あの狼男と一緒にいられる時はそう長くはないのだ。

そう思って爪先へと体重を傾けた時だった。かさりと枯れ葉を踏む音が背後で聞こえた。

何気なく振り返ってみると——菱田が、いた。

「菱田、様？」

包丁を、持っている。

異様な光を放つ目が聖明を見据えていた。

包丁を握る手が、見てわかる程に大きく震えている。聖明は恐怖に囚われるより先にあっけにとられた。

「嘘だろ……」

常盤とは何もないと言ったのに、この男は思い込みだけで聖明を殺しに来たらしい。その理由はたかが失恋だ。

うわー。

バカだ、こいつ。本当にどうしようもないバカだ。

とはいえ脅威は現実に目の前にある。

さて、どうしよう。

聖明は無表情に菱田を見つめた。

この坂道は人通りがないから誰の助けも望めない。バス通りに戻れば車が通るが、そのバス通りは菱田の背後にある。とりあえず、聖明は菱田を説得しようとした。

「菱田様、落ち着いてください。自分が何をしようとしているのか、わかっているんですか？」

菱田は何も言わない。喘息めいた音が混じった呼吸音だけがやけに大きく林に響く。

周囲はますます暗くなってきており、少し離れた街灯に不意に灯がともった。ぽつ、ぽつと坂の上に向かって街灯が次々に点灯してゆく。

グレンが待つ聖明の家があの先にある。

今日聖明は駅前の総菜屋でミートローフを買った。

家に帰ったらサラダを添えて、グレンに食べさせてやろうと思っていたのに、俺はここで死ぬんだろうか。

何もかもがそらごとのように感じられる。振り上げられるナイフの軌跡が街灯の光を反射し、光の線のようだ。

聖明は、動けなかった。

ただその場に突っ立って、肉にナイフが刺さった時の痛みを、飛沫《しぶ》く血の色を、その後に待っているのであろう死を思った。死のイメージはこの時間の光の色に似ていた。薄闇が、真の闇に飲み込まれていく。

「あ、あ・あああああ！」

耳障りなわめき声。

「バカかキヨアキは。逃げるなり反撃するなりしろ」

落ち着いた声に、闇に埋没しそうになっていた聖明はのろのろと目を上げた。

菱田が聖明の足下に這《は》い蹲《つくば》っている。その背中に、獣型のグレンがのしかかっていた。

「あ……あれ……、グレン……？」

大きな前足で俯《うつぶ》せに押さえ付けられ、菱田はじたばたともがいている。

「キヨアキ、携帯を持っているのだろう。ヒャクトーバンツーホーとやらをしろ」

「一一〇番……？」

「できないなら携帯をよこせ。俺が代わりにやってやる。テレビで見たからな。どうやればいいのかくらい知っている」

「あ、ああ……」

ぎくしゃくと携帯を取り出そうとすると、ミートローフの入った袋が腕から滑り落ちた。

聖明は拾おうと身を屈めたが、晩飯のおかずを拾うどころかそのまましゃがみ込んでしまう。目眩《めまい》がして立てそうにない。

「腰が抜けたか」

「……そうかも……」

「ふん。キヨアキは大人の癖に、初めて狩りに連れてこられた子狼のようだな」

「こんな事態に慣れてないんだ。仕方ないだろ」

携帯で一一〇番を呼び出そうとするが、指が震えてなかなか正しい番号を押す事ができない。

「何を慌てている、キヨアキ。俺がここにいる。もう危険はない。最後までちゃんと俺が守ってやるから、ゆっくり落ち着いて仕事を果たせ」

――守ってやる。

その言葉は魔法のように聖明に作用した。

「……ん」

ようやく電話が繋がり、聖明は手短《てみじか》に事の次第を伝えた。電話を切ると、聖明はその場に座り込んだ。

逃れようと暴れていた菱田も、その頃には静かになっていた。泣いているようで、時々鼻を啜る音が聞こえる。

グレンは菱田の貧相な背中の上でリラックスし、退屈そうに大きなあくびまでしていた。

菱田の手にまだ包丁が握られているのが、なんだか信じられない。

「警官が来たら菱田さん、犯罪者になっちゃうんだよな」

常盤だけではなく、職も失うかもしれない。結構な家柄の生まれだと言っていたから、身内の風当たりも強いだろう。

「自業自得だ。キヨアキ、この間家の前にゴミをまいたのもこいつだぞ」

「……え。嘘だろう？　なんでわかるんだ」

「匂いだ」

すぴ、とグレンが鼻を鳴らす。

聖明は菱田の傍に移動した。穏やかに言い聞かせようと試みる。

「菱田様。俺は常盤様とは本当に何でもないんです。何度も電話で申し上げたでしょう？　なのになんでこんなバカな事をしたんですか」

菱田は最後まで聖明の話を聞こうとしなかった。

「おまえなんかに何がわかる……っ。おッ、俺はおまえと違ってイケメンでもないしッ、口も巧くないッ。おまえにとっちゃ女なんかいくらでも手に入るものなんだろうが、常盤さんは俺が三十五年間生きてきて、初めてできた恋人だったんだ……ッ。大事にしてきたのに、なんで……ッ、なんで結婚はできないなんて……ッ」

聖明は溜息をつく。

何がなんでも失いたくない気持ちはわかるが、勘違いで殺人まで犯そうとするなんて論外だ。

遠くからサイレンの音が近付いてくる。

「グレン」

「この男をあいつらに引き渡したら俺は先に家に戻っていよう。問題はないだろう？　俺は単なる犬なのだからな」

ぐるるる、とグレンが唸ってみせる。聖明はその鼻先に買い物袋を置いた。

「じゃあ重いがこれを持って帰ってくれ。ミートローフが入っている。俺は帰りが遅くなるだろうから、先に好きなだけ食べてていいぞ」

包みから漏れ出るかすかな匂いに、グレンの尻尾が勢いよく揺れ始めた。


「いやそれにしても大変でしたねえ」

警察署で手続きを終えた後、聖明は顔なじみの警官にパトカーで送ってもらう事になった。すでに終バスも終わっている時刻で、一旦駅まで出てタクシーを拾う以外帰宅手段がなかったので助かる。

「あの犬、なんて言うんですか？　秋田犬でもなし土佐犬でもなし。随分大きな犬でしたよねえ」

言葉通りグレンは、警官たちが近寄ってきて初めて菱田の上から退《ど》いた。警官たちが包丁を取り上げ、手錠をかけたのを確認してからミートローフの入った紙袋を拾い、悠然と家へと戻ってゆく。

警官たちは驚いてはいたが、獣でしかないグレンを怪しんだりはしていないようだった。

――もしかしたら怖くて近寄れなかっただけかもしれないが。

「拾ったのでよくわからないんです。たぶん雑種だと思うんですけど」

菱田は喋る犬に襲われたと言ったが、もちろん誰も信じなかった。

「大きいのにおとなしい犬でしたねえ。ご主人様の危機を救ってくれるなんて素晴らしい」

「はは」

真っ暗な夜の林を車のライトが照らし出す。いつも十分もかけて歩く坂道も、車だとすぐだ。

家の前で車を止め、警官はエンジンを切った。カメラを持って下りてくる。

その間に聖明は玄関の扉を開けた。

「グレン。わんこのグーレーンー、おいで」

犬の姿で出てこいと催促すると、待つ程もなく不機嫌そうな狼が姿を現した。警官に向かって低く唸り声を上げる。その迫力に警官は逃げ腰になった。

「ええと、大丈夫、ですかね」

「大丈夫です。ほらすぐ終わるからここに座れグレン。おまえの写真が必要なんだそうだ」

むっつりと玄関に座り込んだグレンに警官がカメラを向けた。数枚写真を撮る。フラッシュが光る度、グレンは厭そうに顔を背けた。

「はい、おしまいです。お邪魔しました」

「お手数おかけしました」

「いいえ。粟野さんが無事で何よりです。正直通報が入った時はぎょっとしたんですよ。その、また大変な事件が起きたんじゃないかって――」

すうっとまた現実感が遠退《とおの》く。

聖明はひどく心もとない気分で警官を見返した。

警官は聖明の心の揺れになど気付かないまま、軽く肩を叩いて踵《きびす》を返す。

「いや本当に、粟野さんに何事もなくてよかった。まあ犬がいるから大丈夫だとは思いますが、これからも警戒は怠らないようにしてくださいね。我々もできるだけマメに巡回するようにしますんで」

警官がいなくなってからも聖明は玄関に立ち尽くしていたが、焦れたグレンに鼻でつつかれリビングに移動した。

テーブルには夕食の準備が整えられていた。まだ手を付けていないミートローフに、あたたかいポタージュとパン。

ポタージュは缶詰だが、あたためるだけでそれなりの味が楽しめるという代物だ。聖明がよくグレンに出してやっていたのを覚えていて、見よう見まねで用意したのだろう。

なんだかじんとキてしまい、聖明は狼狽えた。

「他に用意すべきものはあるか？」

きちんと衣服を身に付けたグレンが聖明の椅子を引く。これもテレビで覚えたのだろうかと思いつつ、聖明は腰を下ろす。

「ない。パーフェクトだ」

グレンが頷き、向かいの席に腰を下ろした。いただきますと聖明が手を合わせるのを待ってから、グレンも食べ始める。初めて食事した時はいかにも不器用だったのに、グレンは見違える程鮮やかにカトラリーを操れるようになっており、そつなくミートローフを口に運ぶ。

「これもうまいな」

オイルでてらりと光る唇に、聖明の目が引き寄せられる。

「先に食べていてくれてよかったのに」

「うん？　――うむ」

グレンは食事に夢中で上の空だ。

聖明ものろのろとほうれんそうのポタージュを口に運んだ。パン用のオリーブオイルもちゃんと小皿に出されている。

「トリシラベとやらは済んだのか」

「今日のところはな。グレンが言ってた通り、菱田はゴミの投棄も認めた。でもその前日、ナイフを持って押し入った事については知らないって言い張ってる。なんでだろ」

「本当に違うからに決まっている。俺はナイフを持っていた奴の鼻を叩き潰してやったと言ったろう」

――忘れていた。

パンをちぎろうとしていた聖明の手が止まった。

グレンに後ろから押し倒された際に多少擦り剥いてはいたものの、菱田の顔は綺麗なものだった。鼻など絶対に折れていない。

ナイフ男とゴミ投棄犯人は、別人だったのだ。

「肝が冷えたぞ。ナイフの男との問題は解決したとキヨアキが言うから心置きなく帰れると思ったのに、全然話が違うではないか。あんなに匂いが違うのに、どうして間違える事ができるのだ」

「人間はあんた程鼻が利かないんだよ。でも、じゃあ、別にもう一人、俺を狙っている奴がいるって事か？　一体誰が、何のために俺を狙っていうんだ？」

「知らんが、ナイフの男はあれに関わりがある。同じ匂いがするからな」

ナイフの先端が仏壇を指し示す。いや仏壇そのものではない、その足下に立てかけたまま放置されていたパッケージだ。

父の名で送られてきた、意味不明の包み。

どういう事なんだろう。

「さっき来た警官、妙な事を言っていたな。ここでは以前にも〝大変な事件〟とやらがあったのか？」

ミートローフを咀嚼《そしゃく》しつつ、グレンは聖明の反応を窺う。鋭いまなざしは、聖明の心の奥まで見通そうとしているようだ。

「いい加減話せ。この家は間違いなく血の匂いが染み着いている。それも大量の血だ」

聖明は息を詰めた。

頭の中で、何百匹もの蝿《はえ》が飛び立つ。

食器の間を、どろりと粘度の高い血が流れる。テーブルの上から溢れ、床へもぽたり、ぽたりと滴ってゆく。

テーブルの上だけではない。リビングは壁も天井も血で汚れていた。テレビの前でくつろげるよう敷かれていたムートンの敷物は、血を吸って黒ずんだ赤へと変色している。

「キヨアキ！」

強い声で名前を呼ばれ、聖明は我に返った。

瞬き、改めて見たテーブルも室内も、血で汚れてなどいない。

テレビの前、ムートンの敷物があった場所には、新しい布張りのソファが据えられている。

「キヨアキ」

室内を眺める聖明の頬をテーブル越しに伸びてきたグレンの掌が捉え、自分の方へと向き直らせた。

聖明は虚ろな笑みを浮かべる。

「グレンはどうしてあんなにうまいタイミングで俺を助けに来られたんだ？　家にいても菱田の匂いがわかったのか？」

「違う」

聖明は話を逸らそうとした。血の話など、したくない。

だがグレンは、聖明が逃げるのを許さなかった。

「俺は毎夕、バス停までおまえを迎えに行っていたんだ。刃物を持った男が押し入ってきたと教えた時のおまえの反応がおかしかったからな。犯人の狙いはおまえに決まっているのに、おまえはまともに俺の話を聞こうとしなかった。おまけに常に誰も通らないバス停からこの家までの道のりが危険なのはわかりきっているのに、何の警戒もせず行き来を続けようとする。おまえがおまえを守ろうとしないのなら、俺がおまえを守るしかあるまい」

嘘だろ？　と笑おうとしたが、できなかった。

聖明はバカみたいにぽかんと口を開け、グレンを見つめた。

「もう問題ないと言われて迎えに行くのはやめようかとも思ったのだがな。ゴミ男の事もあるしと続けていて本当によかった」

大きく息を吐き、グレンは改めて聖明を見据える。

「いいか、聖明。俺は獣だ。おまえは感じないから平気かもしれんが、血の匂いは神経に障る。首筋の毛がちりちりして落ち着かない。得体の知れぬ血なら尚更、何者が何故流した血かが気になってならん。これはキヨアキが狩った獲物が流した血ではないのだろう？　この血の元となった争いは終結したのか？　それともまだ血が流される可能性があるのか？」

グレンは聖明に向かって身を乗り出した。

「俺がおまえを理解できない理由がこの血にあるんじゃないのか」

聖明は握り締めていたフォークを置いた。

その事については口にしたくなかった。

グレンに知られるのが厭な訳ではない。ただ口にしたら、それが〞ほんとう〟になってしまうような気がした。聖明の中でもリアルな形をとり――今度こそ真正面から向き合わねばならなくなる――。

もはや曲げられない現実だとわかってはいたが、聖明はまだそれから目を背け、全てが絵空事《えそらごと》に感じられるこの感覚こそが本当なのだと思っていたかった。

でもこの家はまだ、血の匂いがするらしい。

「血は、俺の父と母のだ。ここで、殺されたんだ」

そして、小鉄も。

聖明は奥歯を噛み締める。

俺の中では父も母もまだ生きていた。目覚めるといつも聖明は朝食を作る母の気配を探す。父の酒を盗み飲む時にはスリルを感じるし、空になってしまったら必ず同じ瓶を買って帰る。――――父ががっかりしないように。

別に悪い事ではない筈だ。聖明は密葬ではあるがちゃんと両親の葬式もした。仏壇も買って毎朝お供えだってしている。

ちゃんと、まともに、現実を、生きている。

だから、いいだろ？

もう少しだけ、両親は今ここにいないだけだって幻を見ていても。

「わかった。厭な事を思い出させて悪かった。キヨアキ、泣くな」

聖明は泣いてなんかいないと言おうとしたが、声が出なかった。鼻の奥が熱くて、顔が歪む。

テーブルの天板で透明な液体が弾ける。

これは、何だろう。

確かめる余裕などない。聖明はポタージュの器を押しやると、テーブルの上に突っ伏した。躯の奥底からこみ上げてくる激情をこらえようと、強く拳を握り締める。

「ふ、く……」

泣きたくなんかなかった。

泣けば、両親がいない事を認める事になる。

「う、……う……」

「キヨアキ、泣くな。その、好きなだけ触っていいから」

聖明の手にひやっこいものが押し付けられた。少しだけ顔を上げると、獣型になったグレンが聖明の隣の椅子に前足を突き、身を乗り出している。

聖明の大好きなわんこ姿になってご機嫌を取ろうという寸法なのだろう。

アホかと聖明は思った。俺は子供じゃない。それにこれはわんこを与えられれば引っ込むような、そんな薄っぺらな涙ではない。

だが慰めてくれようとする気持ちは嬉しく——

聖明はグレンを抱き締めた。止まらない涙は次から次へと艶やかな毛に吸われ消えていく。

「だからさっきの警官はあんなにおまえを案じていたのだな。まあ、俺がいる限りはおまえに何事も起こる訳がないが——」

言葉が、途切れた。

自分でもまずい事を口にしてしまったのに気付いたらしい。

聖明は唇を噛んだ。

でもあんたは行ってしまうんだろう？　俺を残して。大事なものがあっちにあるから——。

そう思ったら、それまで抑え込んでいた感情が膨れ上がり、溢れ出した。

行かないで。

もう一人になるのは厭だ。

——もちろん、こんなわがままを言葉にしてグレンを困らせるつもりはない。ないけれど。

「……やめ、ろ……」

グレンが低い声で呻く。

何をやめろと言っているのだろう。聖明は怪訝に思い、顔を上げた。グレンは何かをこらえているかのように鼻に皺を寄せていた。耳が神経質に動いている。

長い毛を握り締め、聖明はグレンの胸元に顔を埋めた。

――ずっと傍にいて欲しい。

唐突に指の間から柔らかな毛が引き抜かれた。

どうして、と見上げた聖明の前には、人型に戻ったグレンの姿があった。変化したせいで、またも服を着ていない。羞恥心がないのも困ったものだ――などと悠長に考えている場合ではなかった。

いきなり噛みつくようなキスをされた。

後ろ髪を掴んで顔を仰のかされ、舌を捻《ね》じ込まれる。驚いて縮こまっていた舌は絡め取られ――嬲《なぶ》られた。

「ん、ふ……な、に……？」

「くそ。もう我慢、できん……！」

逞しい腕で抱き上げられ、聖明はぎょっとした。グレンは決して小柄ではない聖明の躯を軽々と持ち上げ、リビングのソファへと運んでゆく。

下ろされると同時に聖明は逃げようとしたが、すかさず押さえ込まれ、また口を塞がれた。

女の子とするのとは全然違うキスだ。怖くなる程に荒々しい。

おまけにのしかかるグレンと聖明の躯の間に、堅いモノがある。

そういえばこいつ、俺を好きだったんだっけ。

今更そんな事を思い出してしまい、聖明は慌てた。

「ちょ、待て、グレン！」

両手で思い切り顎を突き上げると、グレンが獣のように唸る。

グレンは忌々しそうに頭を振り、聖明のベルトに歯を立てた。

「あっ、こら！」

信じられない事に、ベルトはあっさり食いちぎられてしまった。ウエストを留めているボタンも引きちぎられ、ジッパーが乱暴に下ろされる。

「服をダメにするなって」

聖明は抗議したが、がるると威嚇《いかく》された挙句、下着ごとズボンを引きずり下ろされてしまった。

まずい。

太腿が掴まれ、開かれる。逃げようにもグレンの腕は鋼のようだ。押さえ込まれるとソファの上をずり上がる事すらできない。

「おい、グレン！」

グレンは聖明の足の付け根に顔を近づけ熱心に匂いを嗅ぐ。鼻先がアレやソレにあたってもお構いなし。本当に、獣のようだ。

尻にいきなり指をつっこまれ、聖明は悲鳴を上げた。

「いだだだだだ！」

「痛いか」

「たりめーだろっ」

「では魔法をかけよう」

聖明は、ぎょっとした。

「魔法って……危険なんじゃ……」

「この世界には俺しか魔法を使えるものがいない。影響し競合する魔力が存在しない故まっすぐに効く。それにこれはとても簡単な魔法だ」

「遠慮する！」

だがグレンはもう、聖明を押さえ付けたまま何やらぶつぶつ口の中で呟き始めていた。

腰を押さえている掌がじんわり熱くなってきたような気がするが、それ以外には何の兆候もない。本当に魔法とやらが働いているのだろうかと不審に思っていると、グレンが詠唱を止めた。

改めて聖明の腰を掴む。

「よし、入れるぞ」

「無茶ゆーなっ！　ンなデカいモノが入るか！　ここは出す場所であって入れる場所じゃ、て、うあ……っ」

聖明は俯せにされ、腰を引き上げられた。尻肉が掴まれ、蕾が押し開かれる。

猛った腰が押し付けられた。

「や、やめ……」

「煽ったのはおまえだ。これ以上焦らすな。力を抜け。俺を受け入れるんだ、キヨアキ」

聖明はソファに爪を立て、グレンを振り返った。

人の形をした獣の姿がそこにあった。興奮しきっている事を隠しもせず、瞳に狂おしい程の渇望《かつぼう》を湛《たた》え聖明を見つめている。

濡れた先端部が押し付けられる。後ろがいっぱいに開かれ、聖明はグレンが入ってくるのをリアルに感じた。

当然の事ながらひどくキツく苦しかったが、予期していた程ではなかった。

信じられない事に慣らしもしていないのに切れた様子もない。指を入れられた時の方が余程痛かった気がする。

「う、そだ、ろ……うっ」

ぐん、と奥まで貫かれた。太く長い異物に腹の奥まで押し入られる感覚は恐ろしかったが、同時にぞくぞくするような不思議な感覚をも聖明にもたらした。

「は……っ」

「む、う……」

ためらいがちだった動きが次第に大胆に変わっていく。リズミカルに突き上げられ、聖明は身をよじった。

「な、んだ、これ……ま、ほう……?」

ずん、と肉壁を擦り上げられるたび、痺れるような悦楽が広がる。

「あ、ああ、あ……っ」

ヤバい。気持ち、イイ。

聖明は腰を反らしソファに爪を立てた。前へとずり上がろうとしたが、力が入ったせいで逆にグレンを締め付けてしまった。

まざまざとグレンの形を感じる。

絞られた肉筒の中を、グレンの張り出した部分が押し広げながら擦り上げていく。ソレがある一点に達した瞬間、腰が抜けた。勝手に内部が痙攣《けいれん》し、びくびくとグレンを食《は》む。

「ひ、うぅ……っ」

「くっ」

中でグレンがまた一回り大きくなったような気がした。

興奮したグレンに腰を掴まれ激しく突き上げられる。

「あっ、あ、あ、あ……っ」

揺さぶられる度腑《ふぬ》抜けた声が漏れた。声など出したくないのに止められない。躯はもうぐずぐずで、グレンにされるがままだ。

喉を反らし、グレンが、吠えた。

一際深く聖明の中に身を埋め、精を吐き出す。

「は……はは……。どしよ、俺、ヤられ、ちまった……?」

躯の奥が濡れている。

だらりと力を失くしたそれをグレンが抜き出した。そんな動きにすら快感を得てしまい、聖明は唇を噛む。触れられてもいないのに、聖明のアレは力を持ち、先端を潤ませていた。尻を掘られて、聖明は確かに感じてしまっている。欲情して、だがイける程の刺激を得られず疼く躯を持て余している。

くそ、これをどうしたらいいんだろう。

自分で扱きたいが、グレンがいる。人前で自慰などできない。

聖明はそれとなくシャツを引っ張り、股間を隠した。聖明の窮状を知ってか知らずか、グレンが汗で濡れた躯を寄せてくる。

うなじに鼻を押し付けられ、顔を舐められ、聖明は首を竦めた。

不思議な事に、死ね、とも、許せない、とも思えない。

無理矢理された事については抗議すべきだとは思うが、大して痛くなかったし、……気持ちよかった。ならいっか、と思ってしまっている自分がコワイ。聖明はどれだけ度量のある男なんだろう。

とはいえ、グレン以外の男だったら多分聖明もこんな風に鷹揚《おうよう》な気持ちではいられなかったに違いない。

だがこれは、グレンだった。もふもふで可愛い、聖明のでっかいわんこだ。

「キヨアキ」

「う」

毛繕いのような仕草を繰り返していたグレンが聖明の下腹を探った。中途半端《ちゅうとはんぱ》に硬くなったモノを握られ、聖明は躯を強張らせる。

イっていない事にようやく気付いたのだろう、グレンが聖明のモノを扱き始めた。

ようやく与えられた愛撫に抗する事なんて、できない。聖明はとろとろと蜜を滴らせ、張りつめていく。

途中でグレンに仰向けにさせられた。快楽に脳みそがバカになっていた聖明は、足を広げられ、グレンが勃起したソレを押し込もうとしているのを見て、初めて自分が何をされようとしているのか気が付いた。聖明のモノをいじっている間にまたもよおしていたらしい。

「あ、あああああ、あ……だ、めだ……」

根本まで入れられ、くちづけられる。

一旦出して余裕があるのか、グレンは性急に追い上げる事はせず、ゆったりと腰を使った。同時に前も可愛がられ、聖明は身悶えた。

まずい。これ、すごく、イイ。

グレンのアレがイイ場所にあたると、中がびくびくと痙攣する。それで察したのだろう、グレンはそこばかりを狙って抜き差しを繰り返した。

気が狂いそうだった。

すごくイイのに、ここぞというところでグレンは前を扱く手を緩め、イかせない。

「あ、あ、グレ……、もっと、強く……っ」

こらえられず、聖明は自分で腰を動かした。グレンの手を自分の手で押さえ付け、性器を擦り付ける。自分がどんな淫らな姿をグレンにさらしているのか考える余裕などない。

「も、イく……っ、あ、ああ……っ」

手を伸ばし、汗ばんだ肌に爪を立てる。

ようやく昇り詰め得られた絶頂は甘美で、聖明は震えながら精を吐き出した。射精している間も奥を擦り上げられ、強すぎる快楽に朦朧《もうろう》となる。

ゆるゆると聖明を責め立てていたグレンもまた低く呻き達した。奥にたっぷりと精を注ぎ込まれ、強く抱き締められて、聖明は弱々しい溜息をつく。

まずい。これは、すごく、まずい。

＋　＋　＋

バスを降りると、地面は桜の花びらで真っ白だった。もうほとんど葉桜となった木がこれが最後とばかりに花びらを散らしている。まるで結婚式のフラワーシャワーのようだ。

短い週末は終わった、今日から仕事だ。気持ちを一新し、頑張らねば。

聖明は意気込みとは反対のどこかよろよろとした足取りで事務所へと向かう。

引き戸を開けると、事務所にいた面々が一斉に顔を上げた。

「おはよう……ござい……マス」

「おはようございますっ」

持っていた書類を机の上に投げ出し大隈が近付いてくる。

「大変だったらしいな、栗野。菱田様に襲われたんだって？」

「なんで知ってるんですか」

「うちにも警官が話を聞きに来た」

あ……そーか。

加島も話に入ってきた。

「菱田様、包丁持っていたって聞きましたよ。よく無傷で済みましたねえ」

「うちの賢いわんこが助けてくれたんだ」

「あ、凶暴な大型犬飼ってるって言ってましたよね。飼い主のピンチ助けてくれるとはすごいですね。忠犬の鑑《かがみ》だ」

聖明は乾いた笑みを浮かべ視線を泳がせた。

「はは……」

忠犬……ねえ。

「あ、これ、ウチの姉からお見舞いです」

「ええ？」

加島が差し出したのは大きな風呂敷包みだった。箱を見るに、美味《おい》しいと有名な農場の自家製ハムやソーセージの詰め合わせらしい。

「ありがたいが、なぜ加島のお姉様が……？」

「ほら前、駅前で飲み過ぎてピックアップしてもらった時、ちらっと会った事あるでしょう？　今回の事話したらすごく心配して、一人暮らしだし大変でしょうって。美味しい物食べて元気出してくださいって」

姉の真似《まね》をしているつもりなのだろう、加島がしなを作って説明する。

「それは……ありがとう。よろしく伝えてくれ」

同僚たちにとっても菱田が引き起こした事件は衝撃だったようだ。興奮冷めやらぬ様子で落ち着かない。聖明は適当に話を切り上げ、自分の席に座った。

休み明けの仕事は多い。伝票やらアンケートやら連絡メモやらが机の上に積み上げられている。まだ電話が少ない朝のうちに集中して片づけないと後が大変だ。

そう気を引き締め、しばらくは黙々と仕事を進めていたのだが。


――――キヨアキ――――


不意に低い、躯の芯まで直接響くようなグレンの声を思い出してしまい、つっかい棒にしていた肘から頭が落ちた。ごん、と鈍い音が響く。

「――――！」

「粟野、大丈夫か？　気分が悪いのなら――」

「いえ、大丈夫、デス……」

仕事中だぞ！　何思い出してんだ俺！　と自分に活を入れ、顔を上げる。ＰＣモニタを睨み付け、作業に集中しようとする。だが聖明が脇に除《の》けておこうとすればする程グレンとの記憶の数々は膨れ上がり、存在を主張した。

――グレンと、セックスしてしまった。

その夜を境に、グレンは人慣れしない野犬からご主人様大好きな飼い犬へと変貌《へんぼう》を遂げた。いや、犬ではないからあからさまな媚態は示さないが、妙に聖明の近くにいる。ふと気が付くと、聖明が座るソファの足下に座り込んでいたり、洗濯物を取り込みに行くのについてきたりして、構ってもらえるのをさりげなく待っている。

今朝も聖明が出勤しようとすると、無言で詰め寄ってきた。保つべき距離を越え近付いてくる顔に驚き聖明が後退《あとず》さろうとすると、腰を捕らえられちょんと鼻先をくっつけられる。無愛想な大男におまけとばかりに鼻のてっぺんも舐められ、聖明は気恥ずかしいやらくすぐったいやら、実にいたたまれない気分になった。

甘酸《あまず》っぱい記憶に耐えられず、聖明は再び額が天板に付く程うなだれる。

やっぱ相当ショック受けてるみたいですねえと頷きあう同僚の声が聞こえ、聖明は申し訳ない気分になった。

いや、違う。違うんだ。

正直、菱田の事なんか遠い記憶の彼方《かなた》。襲われた時は確かに怖かったが、今となってはもうどーでもいい。

「粟野？　顔真っ赤だぞ。本当に大丈夫か？」

ふと気が付くと、大隈が心配そうに聖明を見下ろしていた。

いかん。ちゃんと仕事モードに切り替えねば。

「はは……へーきです……。あの、ちょっとコーヒー買ってきます……」

「ああ……」

聖明は逃げるように外に出た。扉を閉めると、ふっと肩から力が抜ける。

いい年こいて、何をやっているんだろう、俺は。

初めて女の子とヤった時だってこんなには舞い上がらなかった。あの頃より年を食い経験も積んでいるのに、どうかしている。グレンの事を思い出すだけでいっぱいいっぱいになってしまうなんて。

でも。

うららかな春の日差しを浴びながら聖明は歩く。

グレンの胸は逞しく、抱き寄せる腕の力は強かった。

触れた肌はあたたかく、確かにここに生きて存在するのだと教えてくれる。

俺はもう一人じゃないんだと思ったら、なんだか熱いものがこみ上げてきて。

いいや、と思ってしまったのだ。

こうやって抱き締めてもらえるなら、何をされてもいいや、と。

「うあ〜〜〜〜〜」

誰もいない道の半ばで、聖明はしゃがみこんだ。自分の影を見つめ、両手で頭を挟み込むようにして髪を後ろに撫で付ける。

「ヤられてもいいなんて思うくらいグレンを好きだったのか、俺ってば……」

俺は恋に落ちてしまったんだろうか？

多分、そうなのだろうと思う。

今までの経験を思い出してみればわかる。グレンがいると落ち着かない。一挙手一投足を意識してそわそわしてしまう。エッチして嫌悪を感じるどころか、聖明はセックスを覚えたばかりのガキみたいに所構わず記憶を反芻し、噛み締めている。

あんなごつい男をどうしてと自分でも思うが、これを恋と言わずして、何を恋と呼ぶのだろう。

「男同士なのに、な」

しかも相手は、異世界から来た狼なのに、不思議だ。

気の早いモンシロチョウが、俯いた聖明の前を横切ってゆく。

うららかな春の風景を聖明はしゃがんだままぼうっと眺めていたが、ふと厭な事を思い出し勢い良く立ち上がった。

「でもあいつ、帰ってしまうんだよな」

満月の夜になれば、元の世界に戻るのに必要な魔力が得られるとグレンは言っていた。

「帰るの、やめてくれないかな」

だが復讐に燃える異界の騎士は、思いとどまってはくれなさそうだ。

次の満月まであと数日しかない。それが過ぎればグレンはいなくなり、あの古い家にはまた聖明一人が取り残される。

「……くそ……」

聖明はしばらく虚ろな目で立ち竦んでいたが、やがて我に返ると全員分のコーヒーとアップルパイを買って事務所へと帰った。


その晩聖明は分厚いステーキ肉を買って帰った。これまでとは段違いの贅沢《ぜいたく》だが構わない。

グレンにはいい思い出を持って帰って欲しい。うまい食事の誘惑に負け、帰るのをやめてくれればもっといい。

寂しい気持ちを噛み締め、聖明は肉をミディアムレアに焼き上げる。更に今まで供した中で評判のよかった酢豚も並べてみた。

食事の用意が済んだ頃、のっそりと現れたグレンは喜ぶかと思いきや、顔をしかめた。

「……キヨアキ」

「あ？　なんだ？」

唸るように名を呼ばれ、何か気に入らないものでもあったのかと緊張したが、違った。

「そんなに誘うな」

「――はい？」

なんでそんな事を言われるんだ？

聖明は洗いざらしのジーンズにシャツとニットを肘までまくり上げ、黒いエプロンをつけていた。エロい格好などしていない。

それなのにグレンはテーブルを回り込み、迫ってきた。近付いてくる唇を聖明は思い切り腰を反らして避ける。

「ちょッ、いきなり何すんだよ」

「なぜ抵抗する。俺の事を考えていただろう？　――俺が欲しいと思っていた」

耳元でささやかれ、聖明の腰は砕けそうになった。

そういえばグレンには動物的な勘がある。自分では気付かなかったが、無意識にセックスをねだっていたのだろうか。

――そんな、まさか。

逃げた聖明を追い、グレンが覆い被さってくる。反り返ってしまった腰が折れそうだ。

「待てッ！」

たまらず叫ぶと、グレンはぴんと耳を立て動きを止めた。

「とにかくっ、飯食ってからだ。折角いい肉買ってきたんだから」

分厚いステーキを目に捉えたグレンの尻尾が揺れ始める。

グレンが身を引き自分の席に着くと、聖明は様々なおかずが乗った皿をテーブルに並べた。

「うまそうだろ？　明日の朝食も豪華だぜ。加島のお姉さんがソーセージやハムの詰め合わせをくれたんだ」

雰囲気を変えようと、空々しい程快活に予告した途端、グレンの顔色が変わった。

「メスに求愛されたのか!?」

「は？」

「しかも貢がれた物を受け取っただと!?　どういうつもりだ、キヨアキ！」

勢い良く立ち上がり睨み付けられ、聖明は困惑した。百九十センチもある大男に見下ろされると、結構な威圧感がある。

グレンはマジギレしているようだ。肉を見て嬉しそうに揺れていた尻尾もぴんと緊張し臨戦態勢に入っている。

「えーと、何が気に入らないんだ？　訳がわからないんだが」

グレンは低く唸った。

「メスからというのは珍しいが、食べ物を貢がれ受け取ったという事は、求愛されその気持ちを受け入れたという事だろう？」

「なんだそれ」

「……違うのか？」

そういえば、と聖明は思い出す。動物や鳥はメスに求愛する際、餌を貢ぐ。シルヴァの狼族も同じ習性があるのかもしれない。

「人間は愛がなくても普通に食べ物をあげたりもらったりするぞ？」

張りつめていた空気がふっと緩んだ。

「……そうなのか？」

グレンが気の抜けた顔ですとんと椅子に腰を下ろす。

「じゃなきゃおまえに平気で話したりする筈ないだろ」

「……そうか」

「わかった？　じゃ、食うか」

「……ん」

ステーキにナイフを入れる。グレンも俯き黙々と肉を食べ始める。勘違いして怒ってしまったのが恥ずかしいらしい。いつもならちぎれんばかりに揺れる尻尾に元気がない。

可愛い。

聖明はうっかり笑ってしまわないよう、酢豚を口の中に押し込んだ。

強面の大男がしょげて背中を丸めている姿を見ているとなんだか胸にきゅんとクる。頭をよしよしと撫でてやりたい。

「キヨアキ」

「ん？」

俯いたままのグレンの額に皺が寄っていた。

「先に食事をして欲しかったら、誘惑するのをやめろ」

「あ？　……はは、ごめんごめん」

グレンの事を考えていただけなのだが、これも誘惑になってしまうらしい。

黙々とテーブルに並んだ食べ物を平らげていく。気のせいかいつもよりグレンの食べるペースが早い。

聖明がデザートのミントゼリーの最後の一口を飲み下した瞬間、グレンが席を立った。テーブルを回り込み、まだ座っている聖明を捉《つか》まえる。

「ちょ、グレン、片づけるから……」

やる気満々な様子に思わず逃げを打とうとしたが、逆に椅子から抱え上げられた。

「もう待てん」

ぺろりと唇を舐められる。微《かす》かにミントが香る。

それからもう一度深くくちづけられて。

気が付いたら聖明はソファに下ろされていた。聖明の服を剥きながら、グレンが小さな声で何か呟く。

前にも聞いた怪しげな呪文——聖明の躯をおかしくする魔法だ。

あれはもしかしたら夢だったのかもしれないと思い始めたところだったのだが、やはり太いモノで貫かれた場所に苦痛はなく、聖明は前後に揺さぶられる度たまらない愉悦に襲われた。

「あ……っ、グレ……っ、あっあ、グレン……っ！」

——まずい。病み付きになりそうだ。

嵐のような熱情が去ると、グレンは聖明の躯のあちこちに付着した体液を舐めて綺麗にした。無骨な外見からは思いも寄らない優しいグルーミングが心地よい。気怠い躯をグレンに任せ、聖明はとろとろと微睡む。

グレンはいい奴だ。獣だし雄だが、その分頼りがいがある。聖明にとっては申し分ない恋人だ。

次の満月が来たら帰ってしまう事を除けば。

桃色だった心の中が黒い絶望で塗《ぬ》り潰される。

「……キヨアキ?」

気持ちの変化を敏感に感じ取り鼻をひくつかせたグレンの首に聖明は両手を回した。

この男がまたいなくなってしまうなんて信じられなかった。この家で一人で暮らさねばならないのかと考えるだけで、泣きたい気分がこみ上げてくる。

聖明はいつのまにかグレンに依存してしまっていた。

まあ、仕方がないだろうと、聖明はどこか他人事のように分析する。

聖明は父母を亡くしてから殺害現場だったこの家でたった一人、半年間も暮らし続けてきたのだ。おかしくなっても不思議はないし、グレン程頼れる男がいたら寄りかかりたくなっても無理はない。

——グレンがいなくなったら。

聖明は今まで通り生きていけるだろう。立派なおとなの男なのだから当たり前だ。

だがきっともう、今みたいな幸せは感じない。グレンが現れる前のように、大事な人を失った欠落感に苦しめられながらただ日々を受け流していく。

果たしてそんな状態が、生きているって言えるのだろうか。

聖明は狂おしい程に満月の夜を恐れたが、どんなに願っても時は有無《うむ》を言わせず進み、何もかもを押し流していく。

＋　＋　＋

その日聖明が仕事を終え外に出ると、満月が空に昇ろうとしていた。

グレンに帰る力を与える、魔力に満ちた月だ。

家にいるのが耐えられず、聖明は本来休みだったにも拘わらず事務所に出てきていた。いつものように仕事をこなし、同僚と軽口を交わし、お客様に微笑みかける。虚ろな痛みが心の端を食いちぎっていくのには気付かない振りをして。

業務を終えると、聖明はお疲れさまと快活に挨拶をして事務所から退出し、バス停に立つ。今頃あいつはこの間のように帰還の準備を調えているんだろうかと思ったら、急に心臓がバクバクしてきて足が竦んだ。

動悸が治まらないうちにバスが到着する。乗らなければと思うのに、どうしても踏み出せない。迷っているうちにバスの扉は閉まり、行ってしまった。

聖明は缶コーヒーを一つ買うと、バス停の脇にある小さな公園のブランコに腰掛けた。

帰りたくない。

やがて次のバスがやって来たが、聖明はまたも怯懦《きょうだ》な己れに負け、ブランコに座ったまま満月を見ていた。

造成されたばかりの公園なのにもう錆が来ているのか、ブランコを揺らすと鎖が耳障りな音を発する。

事務所にも聞こえたのだろう、聖明がふと気が付くと大隈が公園の入り口にいた。

「やっぱり粟野か。どうしたこんな所で」

「あ……お疲れさまです」

我ながら力の抜けた声だと聖明は思う。

足を取られそうな程厚く盛ってある細かい砂利《じゃり》を踏み、大隈がブランコの傍までやってくる。

「帰らないのか？」

「……はあ。そのうち帰ります」

そのうちって、いつだろう。

自分でも、わからない。

「帰りたくないのか？」

大隈は低い柵の間を通り抜けて来ると、聖明の隣のブランコに座った。

聖明が黙っていると小さく笑う。

「まあ、わかる気もするな。このところ色々あったし」

「チーフには色々ご迷惑をおかけしまして」

「迷惑なんかじゃないさ。菱田様の件は避けきれない災難だった。おまえは本当によくやってくれているよ」

「チーフや加島のお陰です。色々フォローしていただいて本当に感謝しています」

大隈は照れ臭そうに頭を掻いたが、不意ににやりと意地の悪そうな笑みを浮かべた。

「ところで粟野、加島のお姉さんにもらったお見舞い、どうだった？」

「おいしかったですよ。中身の充実度にびっくりしました。軽い気持ちで受け取ってしまいましたが、あれって結構高かったんじゃないですかね」

「ふうん」

大隈の意味ありげな表情が気にかかる。

「なんですか？　なんかあるんですか？」

「んー、そうだな。あんまり余計な事を言うのもなんだが、粟野は知っておいた方がいいだろうしな。よし、今日は飲みに行こう！」

「え」

突然の誘いに聖明は戸惑った。大隈はさっさと立ち上がり事務所へと歩き始めている。

「帰りたくないんだろう？　駅前の新しい居酒屋の割引券、この間貰ったんだ。待ってろ。取ってくる」

「え、ちょ……っ」

まだ俺、行くって言ってないんですけど。

聖明はブランコの鎖に頭をもたせかけた。

どうしよう。

いつまでもここにいる訳にはいかない。それはわかっている。飲み屋に行けば楽しく時間を潰せるだろう。

だがグレンが聖明を待っている。

グレンはいつも聖明が帰るまで何も食べない。今日だって腹を空かせて聖明が帰るのをじっと待っているに違いない。それがわかっているのに、自分だけ酒を飲んでおいしいものを食べる気か？

「やっぱ――だめだ」

断ろう。

聖明は事務所に行こうと立ち上がる。

第六感が働いたのだろうか、歩き出す前に聖明はなんとなく後ろを振り返り、そうして

――凍り付いた。

「嘘だろ。――またかよ――」

聖明のすぐ後ろに男がいた。手にナイフを持っている。

男はキャップにサングラス、マスクまで着用し、徹底的に顔を隠していた。

菱田ではない。

身長が違うし、菱田は釈放されてない筈だ。

暗い上マスクに隠れてよく見えないが、男の鼻梁《びりょう》は歪んでいるようだった。

グレンが家に侵入してきた男の鼻を折ったと言っていた事を聖明は思い出す。こいつがそうなんだろうか。

一瞬の間にそこまで考え、聖明は瞠目《どうもく》した。

「まずい」

男が動き出していた。ぼうっとしている聖明を今度こそ刺そうと、揺れるブランコを回り込んで来る。振り上げられたナイフが街灯の光にきらりと光った。

――逃げるなり反撃するなりしろ――

いる筈のないグレンの声が聞こえた。

聖明は何かに弾かれたように動き出した。反撃できるような武器など持ってないからひとまず男に背を向け走り出す。

焦っているせいか砂利に足を取られ躯が大きく泳ぐ。まるで夢の中のように、思うように躯が動かせない。

追い付いた男がナイフを振り回す。

背中に切り付けられた感覚があった。

だが何の痛みも感じない。スーツを切られただけなのだろうと思った聖明は、構わず走って鉄棒の向こう側へ回り込み事務所を目指した。

事務所には大隈がいる。

「おいっ！　何しているんだ！」

大声にぎくりとすると、割引券を取ってきたのだろう、大隈が公園の入り口にいた。聖明は叫んだ。

「チーフっ！　危ないから、来ないでください……っ！」

逃げて、警察を呼んでくれればいい。そう思ったのに。

大隈は逆に聖明たちに向かってきた。歩きながら花壇に飾られていた七人の小人の一つを引き抜く。土に突き刺すタイプのそのオブジェには、練鉄《れんてつ》の足がついていた。充分ナイフと対抗しうる棍棒になりそうだ。

大隈が小人を振り翳すと男はひるみ前進を止めた。聖明が急いで花壇に走り寄り二人目の小人を引き抜くと狼狽《ろうばい》し、聖明と大隈を見比べる。二対一では勝ち目はないと判断したらしい、男は背を向け無様な程慌てて逃げていった。

男の姿が視界から消えた途端、聖明の躯から力が抜ける。手の中から小人が滑り落ち、鈍い音を立てる。

「大丈夫か、粟野」

大隈が近付いてくる。

「大丈夫、です」

「怪我は」

「ありま、せん」

少し背中に違和感があるが、痛みはない。だから大丈夫だと聖明は思ったのだが、振り向くと地面に黒々とした染みがあった。

暗くてわかりにくいが、これは——血、だろうか。

かすかな血の臭いを嗅ぎ取った瞬間、血の気が引いた。

頭の中に様々なイメージが浮かび上がっては消えていく。

血を吸ったムートン。何かが腐ったような強烈な臭気。母の声。

——もう朝よ。いつまで寝ているの。——

ヤバい。

「立てるか？　車があるから、警察に——」

差し伸べられた手に聖明はすがりついた。耳鳴りがうるさくて、大隈の声が聞き取り難《にく》い。がくりと膝が折れ、薄い生地《きじ》越しに砂利が皮膚に食い込む。

とっさに大隈が倒れ込もうとする聖明の腕を掴み支えた。

「粟野？」

「警察なんて、いい。早く家に、帰らないと。グレンが——俺の、わんこが。腹を、空かせて——」

バッテリーが切れたかのように、すうっと意識が暗くなってゆく。

「おい！　粟野！」

焦った大隈の声が遠くに聞こえた。

「すいません、たぶん、貧、血——」

最後まで言うより早く、わあんという羽音のような耳鳴りに聖明の意識は埋め尽くされる。

＋　＋　＋

聖明が目覚めると見慣れた天井が頭上に広がっていた。

朝だ。

小鳥がうるさいくらいさえずっている。

ぼうっとしていると大きな狼の頭がぬっと視界に入ってきて、聖明の顔を舐めた。

「グレン？」

朝っぱらから狼の姿でいるなんて、最初の朝以来だ。

両手を差し伸べ首の毛を撫でてやろうとしたら、背中にひきつれるような痛みが走った。

「う、ん……？」

グレンはお座りをして遙か高みから聖明を見下ろしている。なんだか機嫌が悪そうだ。

何かしたっけと首を傾げ、ようやく記憶が解けはじめた。

「あれ、グレン？　元の世界に帰らなかったのか？」

狼が牙を剥き出す。

「こんな状況でおまえを置いていけるか！」

グレンが怒鳴ったのと同時に襖が開き、大隈が顔を出した。

「あれ？　栗野？」

「……チーフ？　なんで、ウチに」

大隈は聖明の枕元に膝を突いた。

「おはよう。おまえが家に帰るって言い張るから送って、心配だからそのまま泊まったんだ。ところで今、誰かが怒鳴ってなかったか？」

グレンはいかにも犬らしく澄ました顔をしている。仕方ないので聖明はいい加減に誤魔化した。

「え、何か聞こえました？　テレビじゃないですか？」

寝室にテレビはない。だが大隈はあっさりと頷いた。

「そうか。しかし話には聞いていたが、おまえの犬、本当にデカいな」

無造作に手を伸ばし、グレンの頭を撫で始める。

「あ……っ」

グレンの毛が一気に逆立った。尻尾の先までピンと硬直する。

今は狼の姿を取っているがグレンは獣ではない。誇り高い騎士である。獣型をさらすだけでも恥ずかしいだろうに、初対面の男に頭を撫でられるなんて、グレンにとっては許しがたい屈辱に違いない。

大隈に噛み付いたりしないだろうな。

聖明も思わず起きあがった。

「粟野、勝手に冷蔵庫漁《あさ》って朝飯作った。食えそうか？」

手触りが気に入ったのだろう、大隈はグレンの喉や背中まで手を伸ばす。グレンは全身を強張らせ、ぶるぶる震えながら耐えた。気のせいか涙目になっているようだ。聖明もそんなグレンから目を離せない。

「あ……ありがとうございます……」

「背中」

「え」

「ざっくり切れてたぞ。怪我はないなんて嘘つきやがって」

自分の背中を見ようと躯をねじってみて、聖明は走った痛みに驚いた。

「……痛っ」

さっきと同じ所が痛む。襟を引っ張って見ると、背中に白い包帯が巻かれていた。

「まさか気付いてなかったのか？　意外に鈍いんだな、十センチくらいすぱっと切れていたぞ。ああ、犬には適当に飯を食わせておいた。ドッグフードが見当たらなかったから、猫まんまみたいのを作ってな」

異世界の騎士に猫まんま！

冷や汗が聖明の背中を伝う。

「しかし粟野の家は本当に人里離れているんだな」

「そう……ですか？　ちょっと歩けばバス停ですし、バス通りに出ればコンビニもあります。そんなに不自由じゃないですよ」

「だがやっぱりここはよくない。粟野のご両親が殺されたのはこの家の中、なんだろう」

畳の上でグレンの尻尾がひくりと動いた。

聖明も顔を強張らせ、寝癖の付いた髪を撫で付ける。

「その話はしたくありません。チーフ、朝ご飯にしましょうか」

「粟野。いいから聞け。おまえ、狭いがとりあえず俺の家に来い。二、三日中につてを使って、ペット可のいい家を探してやる」

聖明は用心深く大隈を見つめた。

「何言ってんですか、チーフ。俺引っ越す気なんてないですよ」

「俺はおまえの命だけじゃなく、心も心配なんだよ。粟野、おまえ時々すごく虚ろな顔をしているぞ。段々よくなってきているみたいだったがこのところまた逆戻りしてる。粟野はこの家に住み続けているのがよくないんじゃないか？　この家で自分の父親と母親が死んでいるのを見付けたんだろう？　それだけでもぞっとしないのに犯人はまだ捕まっていないって言うじゃないか。俺は前々からまた何か起こるんじゃないかって気がして怖くて仕方なかったんだよ」

「——平気です」

この家にはまだ父母の気配が残っている。離れる気はない。

だが大隈は強引だった。

「とにかく、今日は俺の言う事を聞いてくれ。朝飯を食ったら警察に昨日の事を話しに行くんだ。それから引っ越ししよう」

「厭です」

「栗野！」

「警察に行ったたって無駄ですよ。どうせあの人たちには犯人を捕まえられないんだ」

そうできるだけの能力があれば、とっくに犯人は捕まっていた筈だ。

大隈が顔を歪めた。

「栗野……」

呻くように名を呼び膝を進める。聖明の肩を掴み、大隈は強く語りかけた。

「頼むよ。俺も加島も、いや、皆がおまえを心配しているんだ。わかるだろう？　俺だっておまえが好きだから、できるだけの事をし――」

言葉は途中で途切れた。

好きという単語を聞いた途端、グレンが猛然と大隈に飛びかかったのだ。

「うわ!?」

狼の巨躯にのしかかられた大隈がくぐもった悲鳴を上げ、潰れる。

獲物の上でグレンが低く唸る。聖明はあらぬ方を見たまま、淡々と言った。

「帰って、ください」

「帰るか！　まだ話は終わっていないんだ！　とりあえず飯を食いながら――っつってんのにこの、バカ犬――！」

大隈の襟首をグレンがくわえ引きずっていく。手足をばたつかせ抵抗するのをものともせず、廊下へ引きずり出し玄関の方へと消える。

聖明はその場に座り込んだまま、玄関の引き戸が蹴倒されるけたたましい音を聞いていた。グレンの遠吠えに大隈が何やら怒鳴っている声が重なりやかましかったが、やがて諦めたのだろう、罵声《ばせい》は徐々に小さくなっていった。

静かになりまた小鳥がさえずり始める。

気が付くとグレンが戻ってきていた。ヒト型で、胸の前で腕を組んでいる。廊下との境目に立ち聖明を見下ろす顔が険しい。

「俺の知らなかった事が随分あるようだ」

聖明は少し首を傾げた。

「キヨアキ、おまえの親を殺した奴がまだ囚われていない事、なぜ俺に教えなかった」

聖明は困って微笑む。

「別に、聞かれなかったし」

口にするのはもちろん、思い出すのも厭だったし。

グレンが獰猛な唸り声を上げる。この家に来てからすっかり艶やかになった髪を掻き毟り、グレンは聖明の前にどっかとあぐらをかいた。

「そうか、わかった。デリケートな話題だからと遠慮してはならなかったのだな。では聞くが、おまえの親は何故殺された」

聖明は目を伏せた。閉じた目の裏が真っ赤に染まる。

「わからない」

「物盗《ものと》りの仕業ではないのか」

「いくつかなくなってた物もあったが、高価な物が残ってたりしたから、偽装の可能性が高いと警察は言っていた」

「誰の仕業か、目星さえついていないのか？」

「ああ」

グレンの尻尾が忌々しげに床を叩いた。

「そんな状況にも拘わらずキヨアキはのうのうとこの家に住み続けてきたのか？　バカかおまえは！」

「別に殺されても構わなかった」

当て付けとかではなく、聖明は本当にそう思っていた。己が生きようが死のうが関心がなかった。ただ父と母の気配が残るこの家に、いたかった。

実際に襲われたら逃げずにはいられなかったが、でも、本当にそうだったのだ。

ぼうっとした聖明の態度にグレンがもどかしげに唸る。ひどく怒っているようだ。

「――わかった。おまえがそういうつもりなら仕方がない。明日から俺がおまえの護衛をする」

「は？」

「職場とやらにもついていくからな」

偉そうな宣言に、聖明は慌てた。

「いやいやいや、無茶言うなよ」

「何が無茶だ。俺はただの犬なのだろう？　その辺をうろついていても問題あるまい」

グレンは自嘲交じりに決め付けるが、問題は、ありまくりだ。

「こんなでかい犬がその辺をうろついていてたまるか。すぐ保健所に通報されて狩られるぞ。大体犬はバスに乗れない。職場までついてなんか来られない」

嘘を織《お》り交《ま》ぜ、聖明は何とかグレンを阻止しようとする。

「ではヒト型で行こう。その方が動きやすい」

「それはだめだって前にも説明しただろ？」

「おまえが最初に言っていたコスプレとやらだという事にしたらいい。テレビで見たぞ。ユウエンチとかイベント会場とかで耳を付けた人間が大勢うろうろしていた」

「……！」

俺が会社に行っている間、グレンは一体何のテレビを見ているんだ？

聖明は頭を抱えたくなった。どうやらグレンは何が何でもついてくる気らしい。

「それから昨日襲われたと言っていたな。詳しく話せ」

「詳しくって言ったって……職場近くの公園で、顔を隠した男に急に襲われたとしか」

もう夜なのに、サングラスをかけていた。何の躊躇もなくナイフを振るった。

砂利の上に滴った血のイメージがせり上がってくる。

「という事は、そいつはおまえの職場の場所を知って張っていたんだな」

「あ……」

そういう事に、なるのか。

犯人は聖明の事を知っていた。殺すためわざわざ聖明について調べ、付け狙っていたのだ。

「匂いは覚えているか？」

「人間の嗅覚じゃそんな事までわからない。あ、でも鼻が曲がっていたような気がする」

グレンが身を乗り出し、聖明の匂いを嗅いだ。何カ所かに鼻を擦り寄せた末、重々しく告げる。

「ごく微かにではあるが、あの男の匂いがするな」

聖明は身震いした。

「あの男ってつまり、グレンを襲ったって奴か？」

「キヨアキ、こっちに来い」

グレンに強引に立たされ、聖明はリビングへと連れていかれた。大隈が見ていたのだろう、つけっぱなしのテレビがニュースを報じ、テーブルの上には二人分の朝食が並んでいる。大隈が用意してくれたのだろうと思うと少し申し訳ない気分になった。

グレンは襖で仕切ってあるだけの仏間につかつかと入ってゆくと、仏壇を示した。

「これは、何だ」

――いや仏壇ではない。仏壇の下にずっと置きっぱなしにしていた、宅配便のパッケージだ。

聖明は反射的にグレンの手の中から自分の手首を引き抜いた。

「今これは関係ないだろ」

「いやある。これにはあの男の匂いがまとわりついている」

「なんだって？」

――一体、何がどうなっているんだ？

混乱しつつ聖明はもう開いていたパッケージから葉書を取り出しグレンに見せた。

「これは俺の両親が祖父母に出した年賀状――と言ってもわからないか、元気でやっているという事を知らせるメッセージカードだ」

「その祖父母とはどういう人間だ」

グレンは聖明が摘み上げた年賀状に慎重に鼻を寄せた。

「俺は会った事がないんだ。俺の両親は祖父母の反対を押し切って結婚したから、ずっと仲違いをしていて」

「だが犯人がおまえの祖父母に繋がっているのは明らかだ。何か情報を得る方法はないのか？」

祖父母について。

それは聖明の家では禁句だった。それっぽい単語がテレビドラマに出て来ただけでも父と母の間には微妙な緊張が走った。聡い子供だった聖明はそれを敏感に感じ取り、祖父母については一切尋ねた事がなかった。大人になってからもなんとなく触れないまま年月が流れ、聖明は父母との別れを迎えてしまった。

単純に駆け落ちしたからだと思っていたのだが、もしかしたらそうではなかったのかもしれない。本当は、何があったんだろう。

誰よりも身近だった父母が、急に不可解な存在のように思えてくる。

揺らぎ始めた聖明の腰をグレンが抱き、顔を寄せた。ひどく真剣な顔をしているから何かと思ったら、

「それとキヨアキ、俺はすごく腹が減った。昨夜からまともな物を食っていない。あの男

が作った飯はまずい上にひどく量が少なかった。何か食わせろ」

「あ、悪い。猫まんま食わされたんだっけ」

「猫まんま？」

毎日肉たっぷりの食事を堪能していたグレンである。猫まんまなどでは到底満足できなかったであろう事は想像に難《かた》くない。聖明は祖父母の追求はひとまず横に置き、大隈が作ってくれたおかずにソーセージを一袋と卵料理を加え、朝食を調えた。

そんな事をしている間に閃いた聖明は、食事を終えるとノートパソコンを起ち上げた。インターネットで祖父の名前を検索してみる。

驚いた事に、ヒット数は四桁に達した。

同姓同名かもしれないが、祖父『菊井泰英《きくいやすひで》』は、華族に連なる旧家の生まれだった。相当の資産家で、かつてはある財閥を支配していたが、今はマイナーな――と言っても業界内ではかなり存在感のある会社らしい――製鉄会社を牛耳《ぎゅうじ》っている。

そこまで把握した聖明は新たな情報を得るため、かつて受け取った名刺を探し出した。父母の事件の担当刑事を電話で呼び出す。

かなり待たされたが、どこか鈍重《どんじゅう》な牛を思わせる刑事と電話が繋がった。

『ああ、粟野さんですか。ご無沙汰しております。何か』

何か、か。

父母の死の真相を探っている筈の男の応対の鈍さに軽い失望を覚えながら聖明は注意深く言葉を紡いだ。

「あの、父と母の事件に関して、ご存知でしたら教えていただきたいのですが、菊井泰英という方を知っていますか？」

『あなたの祖父にあたる方ですね』

刑事は淀みなく答えた。

「祖父はもしかして、菊井製鋼の会長さんなんでしょうか？」

『ご存知なかったんですか？』

刑事は聖明の無知に驚いたようだった。

「うちでは祖父母の話はタブーだったので。名前もうろ覚えだったくらいですし」

『そうだったんですか。失礼しました。しかし今になってどうしてその事を？』

「実は先日、両親が祖父母に宛てて出した古い年賀状が送られてきたんです。何の添え書きもなくそれだけパッケージに入っていて、差出人は父の名前になっていました」

『――どういう意味でしょうか』

刑事は電話の向こうできょとんとしているようだ。

「それがわからないから気味が悪くて」

ようやく刑事の声が真剣味を帯び始める。

『それ、これからお預かりしに伺ってよろしいですか？』

そっけなく承諾し聖明は電話を切った。グレンはずっと傍でやりとりを聞いていたが、何も言わなかった。

＋　＋　＋

しとしとと雨が降っている。

その夜、聖明はなかなか眠れず、闇の中で眠っているグレンの背中を見つめ続けていた。獣だからだろうか、グレンは仰向けに躯を伸ばして眠らない。いつも頭まですっぽり布団の中に潜り込み、躯を丸めている。

こんもり盛り上がった布団のシルエットを眺めていると心が落ち着いてくる。聖明は改めて昼間の出来事を反芻した。

担当の刑事がやってきたのは午後になってからだった。声と同じくどっしりとした体格の中年男だ。聖明が年賀状とパッケージを出すと、テレビと同じように白手袋をはめ、証拠品袋に納めた。

聖明は茶菓を供し刑事を引き留め、情報を引き出そうとした。刑事はほいほいと甘い菓子に釣られたが、本当は聖明の意図など全て見通していたのかもしれない。

父と母の死に親族が関わっている可能性はないのかと問うと、刑事はあからさまに困ったような顔をした。

――申し訳ありませんが、何の証拠もないのに滅多な事を口に出す訳にはいかないんですよ。

つまり、その可能性が高いのだろうと聖明は思った。

――重ね重ね申し上げますが、本当に何の証拠もないんです。会長はご両親の死を知ってとても悲しんでいらっしゃいましたし。

悲しんで、いたんですか？　と聖明は繰り返した。芝居だったのではないかと思ってのリアクションだったのだが、どうもそうではないようだった。

――ええ。最初は言葉もない様子で涙をこぼしていらっしゃいました。もっと早くお二人を捜し出しておけばよかったとおっしゃって。

捜し出しておけばよかった？

聖明は透明な袋の中に納められた年賀状へと目を遣る。

この年賀状には普通に差出人の住所が書いてあった。消印も押されていたのだからちゃんと相手に届いてる。祖父母は父と母の居場所を知っていた筈だ。

変だ。

——会長はあなたに連絡をとるつもりだとおっしゃってましたが、まだ連絡はありませんか？

聖明はうなずいた。そんなものは、ない。

刑事は太平楽に饅頭《まんじゅう》をぱくついている。

——ではあなたの方から連絡を取られた方がいいかもしれません。会長は今、入院されていますし。

年寄りが入院するという話は珍しくない。では退院してから訪ねた方がいいのではないかと尋ねると、刑事は眠そうだった目を一瞬光らせた。

——もう退院はできないんじゃないかという話ですよ。近々菊井家には相続問題が持ち上がるんじゃないかな。

相続問題！　まるでミステリ小説みたいだ。

——本当はこんな事まであなたに話してはいけないんですけどね。

刑事は意味ありげに聖明を見つめた。

もうすぐ祖父が死ぬ。死んだら多分莫大な金が動く。祖父の子供である父も相続人の一人で、聖明にも金が転がりこむ可能性がある。

聖明も両親もいない方が得をする人間がきっといる。

身辺に気を付けてくださいねと言って刑事は帰った。

聖明は結局昨日襲われた事は言わずに済ませた。現場検証やら何やらに付き合わされるのがとても面倒な事を聖明はもう知っていたし、そうしたからと言って犯人逮捕に繋がる気もしなかったからだ。

＋　＋　＋

翌日、聖明は護衛を伴い出勤した。

いい男というものはどんな格好をしても似合うらしい。この世界の人間らしい格好をしたグレンは結構様になっていた。

聖明が貸したモッズコートはもちろんグレンには短すぎたが、おかしいどころか"わざとこーゆー着こなしをしているんです"という風に見える。

パンツとブーツは異世界のものをそのまま使っているが、そう違和感はない。

マニアックな耳はかぶったフードに隠れている。

モデルハウスの横手、事務所へと繋がる小道まで来ると、聖明はグレンを振り返った。

「あそこが俺の職場。六時に仕事が終わるまで俺はあそこにいる」

グレンが頷く。

「十二時から十三時の間は昼休みで出られるが、どうする？　一緒に昼飯食うか？」

油断なく辺りを見回していたグレンはまた無言で頷いた。

「じゃ、その頃またここで待ってろ。それまで結構時間あるが、大丈夫か？」

「大丈夫だ。その間この辺りを見て回っておく。この間襲われたという場所はどこだ」

「赤いブランコが見えるだろ？　あそこだ」

聖明が指さした先をグレンは目を細め見つめた。

「わかった」

「何かあったら事務所訪ねてきても平気だから」

「大丈夫だ。迷惑はかけない」

「……じゃ、俺、行くぞ」

「ん」

歩きだそうとした刹那《せつな》、グレンが不意に身を乗り出した。なんだろうと思う間もなく鼻先がちょんと擦り合わされた。

うわあ、外でもするか、それを。

狼流の挨拶だ、と知っていても不意討ちされるとびっくりする。慌てて躯を離すと聖明は事務所へと続く短い小道を足早に進んだ。

「おはようございます」

何げなく引き戸を開け挨拶をしようとして、聖明は動きを止めた。事務所内は異様な雰囲気だった。

なぜか全員が一つの窓に張り付き、微妙な表情で聖明を凝視している。ライムグリーンのブラインドが下がったその窓はちょうどモデルハウスから事務所へと向かう小道が見える位置にあった。

厭な予感がした。

「……何ですか?」

「粟野さんっ！　今一緒にいた方、どなたですか!?　すごくおっきい方ですね！」

バイトの子のテンションがやけに高い。

「俺の友達だけど……」

「一緒に出勤されるなんて、昨夜はお泊まりだったんですか!?」

「お泊まり……ッ」

なんでおまえはそんなに嬉しそうな顔してんだ!?

仕事中は死んだような目をしているバイトの子の笑顔がキラッキラしている。逆に大隈と加島は気まずそうだ。

聖明はひきつった笑みを浮かべた。

……多分、鼻ちょんを目撃されてしまったんだろう。鼻先が触れ合うくらい顔を近づけたのだ、離れて見ていた人にはキスしているように見えたに違いない。

鼻ちょんもキスも大差ないと言われればそれまでだが。

「あー、うん、そう。その、最近物騒だから一人じゃ危ないって友人が泊まってくれて、ついでに送ってくれたんだ。すごく親切な奴で今もなんかまつげが抜けてるってとってくれて……っ」

話している途中で聖明は撤回したくなった。

我ながら嘘くさい。ものすごく言い訳めいている。誤魔化すどころか、思い切り墓穴を掘ってしまっているような気がする……。

「そうか、いい友達がいて良かったな」

ぎこちない笑みに顔をひきつらせたチーフがよろよろと席に戻り始めた。バイトの子はグレンが見えないかと、またブラインドの隙間を指で押し広げのぞいている。最後まで一言も口を利かなかった加島は、珍しく不機嫌そうに聖明に背を向けた。いつものように事務椅子を転がしてきて軽口を言う事もない。

昼休みになると聖明は、一緒に昼食を食べたいとほのめかすバイトにあえて遅番を申し付け外に出た。時間通りではあったが、全くと言っていい程人気のない風景のどこにもグレンの姿は見あたらない。

グレンには父のアナログ時計を与えてあるし、時間が読めるかどうかテストまでした。なのにどこをうろうろしているのだろう。

それとなく周囲を見回しながら喫茶店まで歩き、コーヒーを二人分と弁当を三人前買う。会計を済ませ店を出ると、道を挟んだ反対の白木蓮《はくもくれん》の木の下にグレンがいた。思わず周りを見回したが、事務所の連中はいない。

「あっちにちょっといい場所があるんだ。そこで弁当を食おう」

歩き出すとグレンは黙ってついてくる。

誰もいない小川の土手《どて》まで行って、弁当を広げた。聖明は一つ、グレンには二つ。

緑が萌《も》える土手のあちこちで黄色い菜の花が揺れていた。うららかな日差しはあたたかく、モンシロチョウが何匹も素朴な白と黒の羽を閃かせている。

前々から食べさせてやりたいと思っていたチーズハンバーグを目にすると、グレンは尻尾をぶんぶん振り回した。

尻尾がコートから思い切りはみ出ているが、誰もいないのでうるさい事は言わない事にする。

プラスチックの蓋を開けると、チーズとトマトソースの美味しそうな匂いが辺りに広がった。

グレンの目の色が面白い程あからさまに変わる。予想通り気に入ってくれたらしい、急ぐ必要などないのにすごい勢いでがっつき始める。

「公園とか見て回ったんだろ。何かわかったか？」

「ん――うむ……」

食事に夢中で聖明の言葉など頭に入らないのだろう、返ってくるのは生返事だ。聖明は苦笑し、生姜焼き弁当の蓋を開けた。実においしそうにハンバーグを貪るグレンを眺めながら、自分の弁当をつつく。

「あのさ、グレン。ごめんな。俺のせいで帰る機会を逸《いっ》してしまって」

聞いていないかもしれないと思いつつ呟くと、思いの外しっかりとした返事が返ってきた。

「気にするな」

そっけない一言に、胸が熱くなる。

「――……ありがと」

日差しはあたたかく、土手を下った所では細い清流が涼やかな音を立て流れている。

「俺の生姜焼きも食べてみるか？」

「ん」

箸で肉を摘んで差し出そうとすると、グレンが素早く食い付いてきた。獣に餌付けしているような気分だ。

「うまい？」

「ん」

口を動かしながらグレンは聖明の弁当と自分の弁当を見比べる。

チーズハンバーグ弁当が一つしかない事に気が付いたらしい、自分も一欠けハンバーグを切り分け聖明の口元に差し出した。

……うわあ。

周囲を見回し、誰もいない事を確認してからハンバーグにぱくりと食い付く。

前食べた時より断然うまい。

じわじわと嬉しい気持ちが広がっていく。

思い返してみると、両親がいなくなってから、楽しいと思った事なんてひとつもなかったような気がする。

人も物もいつかは損なわれる。そう思うと、友達と飲みに行く事も、好きな音楽を聴く事も、何もかもが無意味に感じられた。

でもグレンと出会ってからは違った。この男と一緒にいる時だけは俺は幸せなのかもしれないと思えた。

もう一つ生姜焼きをグレンの弁当の上に載せてやる。礼のつもりか鼻を擦り寄せてきたグレンに、聖明は小さな笑い声を上げた。


日が傾き、六時ちょうどに事務所を出ようとしたバイトの子が、引き戸を開けるなり悲鳴を上げた。

「あっ！　栗野さんのお友達さんっ！」

聖明は驚いてＰＣから顔を上げた。

「グレン？」

バイトの子の向こう、開いた引き戸の向こうからグレンが顔を覗かせる。

「グレンさんて言うんですかっ？　近くで見ると本当に大きいですねっ。それにっ！　かっこいい～！　どこの国の人なんですか？　アメリカ？　イギリス？　ドイツ？　それとも情熱の国スペイン!?」

きゅるん、とした声で話しかける女の子にグレンは目も向けない。黙って聖明を見つめている。

聖明は手早く仕事を片づけ、ＰＣを落とした。

「粟野さん、この方日本語通じないんですかあ？」

何を言っても反応しないグレンに焦れた女の子が、細い腰をねじって聖明を振り返る。

「さあね。それより今日は合コンなんだろう？　早く帰りなよ。粘ってたって紹介する気ないし」

「えーっ。粟野さんのケチーっ」

アルバイトにあるまじき言葉を吐き、女の子は事務所を出て行った。聖明はほっとしてスプリングコートを手に取り、大隈に軽く頭を下げる。

「すみません、チーフ、先にあがらせていただきます」

一連の騒ぎを呆れ顔で眺めていた大隈の椅子がぎしりと鈍い音を立てた。

「あ、ああ……お迎えが来たのか。……しかし驚いたな。近くで見るとものすごくいい男だ。腕っ節も強そうだし」

「ええ、まあ」

そりゃあなたを外まで引きずっていったくらいですから。

大隈が持ったボールペンの先がくるりと回る。

「彼とこれからあの家に帰るのか？」

「はい」

「護衛を付けるより俺の家に来た方が安全だと思うけどな」

「それは厭です」

間髪《かんはつ》を入れず拒否すると、大隈は肩を竦めた。

「仕方ないな。まあ、俺といるよりオトモダチに同居してもらった方が楽しそうだし」

穏やかそうな口元がニヤリと意味ありげな笑みを浮かべた。

「あのっ！　本当に友達ですからねっ？」

大隈は事務机に肘を突き、楽しそうに聖明を見上げている。

「なんでそんな不自然な強調をするんだ？　俺は別に粟野にどんな友達がいようが気にしないぞ。仕事には関係ないからな」

うぐ。聖明は唇を噛む。何か言い返したいが、何も思いつかない。

「キヨアキ」

待ちくたびれたのか、グレンの声に棘《とげ》が生える。

「今行く。……お先に失礼します」

頭を下げると、大隈は肘をついたままひらひらと手を振った。

「はいはい、お疲れさま」

「加島もお疲れさま」

ずっと黙りこくってるのが気になり声をかけると、加島はＰＣに向き直り目を逸らした。

「お疲れさま、です」

コートは持ったまま聖明は事務所を出る。

「待たせたな。晩飯を買って帰ろう」

「ああ」

晩飯、と聞いた途端、グレンのコートの裾を尻尾が擦り始めた。

バスで駅前に出て、グレンに合うサイズの衣料品と肉を買う。

このところ肉類はキロ単位で買っている。肩に食い込む重さだが、今日はすべてグレンが持ってくれた。半分持とうとする聖明にグレンは、それより買い物に専念しろと偉そうに命じる。体力も腕力もある代わりに燃費の悪いグレンにとってはそっちの方が大事なのだろう。

買い物が終わるとまたバスに乗って最寄りの停留所まで帰った。ぽつりぽつりと街灯の光が落ちる真っ暗な道を肩を並べて歩く。

両手いっぱいに袋を提げたグレンがぼそりと言った。

「キヨアキ、事務所にいた男だが」

「うん？　チーフの事か？　えーと、この間俺を送ってきてくれた男？」

グレンは首を振り、ついでに荷物を持ったままの腕でフードを鬱陶しそうに跳ね上げた。

「いや違う。もう一人の方だ。あいつには、気を付けろ」

た。


「加島の事か？　なんでだ？」

眼鏡が似合う、愛想の良い男。聖明がこの事務所に来た初日から親切に面倒を見てくれた。

だがグレンがこんな警告をするという事は、加島は犯人と何か関わりがあるのだろうか。

「理由を教えろよ、グレン」

前方を見据えたまま、グレンが立ち止まる。

木々の間から射《さ》す月光に照らされたグレンの表情を目にした聖明は、はっとして闇の先を透かし見た。

街灯の光の外れ、濃い闇の中にひっそりと佇む聖明の家の前にサファイアのような青が二つ、灯っている。

誰かいる。

強い、生き物の気配。

――――誰だ？　俺を襲った犯人か？

グレンが重々しい声を発した。

「――――リュドヴィックか」

影が動き、こちらへと近付いてくる。街灯の光の中浮かび上がった男の美しさに、聖明は息を飲んだ。

「お久しぶりです。時が満ちたのに帰ってこないから、お迎えに参上いたしました」

長い金髪が男の背の半ばまでを覆い、波打っていた。瞳は青。頭の上には一対の白銀の耳が、尻には白銀の尻尾が揺れている。身にまとった白い服は、色こそ違うがグレンと同じデザインだ。

グレンの同族である事は間違いない。

こんなに綺麗な人がわざわざグレンを迎えに来たのか？　満月はもう過ぎたのに？

動揺し、思わず縋るように見上げたグレンは無表情のままだった。

男は不可解な事に、グレンではなく聖明を凝視している。それだけではなく、目の前まで来ると不意に身を屈め聖明の匂いを嗅ぎ始めた。綺麗な容姿に似合わない獣じみた仕草に、聖明はぎょっとして身を引く。

「失礼ですが、オス、ですよね？」

おまけに奇妙な質問を投げかけてきた。そういえば同じ質問をグレンにもされた事がある。

「はあ、オスですが、何ですか？　俺、女みたいな臭いがするんですか？」

小さく微笑むと男は膝を折り、優雅に一礼した。

「失礼。申し遅れました。私はリュドヴィック。アシル王の騎士の一人、隊長とは旧知の間柄です。失礼ですが、お名前を伺っても？」

「粟野聖明です。……グレンを迎えに来たんですか？」

　一番聞きたかった質問を真っ先に発してみるが、リュドヴィックは答えない。さっきと同じようにじーっと聖明の顔をガン見している。顔が綺麗なだけに至近距離で見つめられるとその気がなくても変な気分になってくる。

「リュドヴィック！」

　グレンが低く唸ると、リュドヴィックは聖明に視線を合わせるため屈めていた腰を伸ばした。華のような笑みを浮かべる。

「その話はまた後程。申し訳ありませんが、昨日こちらに来てから、隊長を捜し歩き、くたくたなのです。狩りもできず空腹で」

　どうやら食事を要求されているらしい。グレンが顔をしかめる。

「はしたない事を言うな、リュドヴィック」

「わざわざ異世界まで迎えに来たんです。食べ物ぐらい分けていただいてもいいでしょう、隊長」

　二人の間に小さな火花が散ったような気がした。

「あの……どうぞ、あがってください。ちょうどこれから夕食にしようと思っていたんです」

　聖明はリュドヴィックの脇を擦り抜け家の前に立った。鍵を開け二人を中へと招く。

「散らかっていますが、どうぞ」

「ありがとうございます」

微笑み玄関に入ってきたリュドヴィックが、ふと顔を仰向け空気の匂いを嗅いだ。

「隊長――血の匂いが?」

「黙れ」

グレンがぴしゃりとリュドヴィックの言葉を遮る。

聖明がまっすぐリビングへと向かうと二人もついてきた。夕食の準備をするためキッチンで手を洗っていると、ダイニングテーブルに落ち着いた二人の声が聞こえる。

「アシル王はご無事か?」

「はい、無事に戦線を離脱しました。隊長を大変心配しておられます」

「戦況はどうなっている。それから残存する兵力は」

「騎士と歩兵がそれぞれ――」

食事の支度をしながら聖明が盗み見たグレンの横顔は有能な近衛隊長のものだった。大した違いがある訳ではないのに、訳のわからない話をしているグレンはなんだか知らないヒトのようだ。

見たくない現実に目を向けさせられ、気分が沈む。

グレンがいるべき場所はここではない。

シルヴァでは王様がグレンを待っている。迎えを寄越す程グレンを必要としているのだ。

グレンがおまえを放っては帰れないと言ってくれたのはついこの間の事だが、迎えが来たのでは、一緒に帰ってしまうかもしれない。

茹《ゆ》であがった鶏肉《とり》を細く切り分け、刻んだキュウリの上に載せる。上の空で皿をテーブルに運んだところで、聖明は二人の会話が途切れている事に気が付いた。

リュドヴィックがテーブルの上を凝視している。

グレンが呆れたような声を出した。

「リュドヴィック」

そう言うグレンの尻尾も思い切り揺れていた。狼族は食欲に正直なのがデフォルトらしい。リュドヴィックが目をきらきらさせながら身を乗り出す。

「これは、何ですか？　とても美味しそうな匂いがします」

「棒々鶏《バンバンジー》。茹でた鶏の料理」

「素晴らしい！」

そわそわしている様子に聖明は初めて食事を共にした時のグレンを思い出す。

おかずはもう一品、野菜炒《いた》めを作ってあった。グレンが肉の入っていない料理にはまるで興味を示さないので、豚肉をたっぷり入れてある。それからご飯に、インスタントのチキンスープ。

料理が並ぶのを、二人の狼はちぎれんばかりに尻尾を振って待っている。

「ビールも飲むか？」

冷蔵庫の中を覗き込みながら尋ねると、リュドヴィックが興味津々聞いてきた。

「ビールとは何ですか？」

「泡の出る酒だ」

「それは珍しい」

肩越しに振り返ると、美麗な顔に飲みたいと書いてあったので、人数分の缶をとりだす。

食卓が調うと、リュドヴィックは優雅に、だがグレンに負けない勢いで食べ始めた。

「この世界の食事は素晴らしいですね！　どれもこれもとてもおいしい。道理で隊長がなかなか帰ってこない訳です」

楽しそうに喋りながら、リュドヴィックは大皿に盛った棒々鶏を次々に自分の取り皿に移動させている。

グレンが王様より食べ物を選んだのだと思われたら可哀想だ。聖明は二人に無視されているキュウリを摘みながらフォローを試みた。

「あーと、違うんだ。グレンは魔力が足りなくて」

サファイアの瞳が意地悪く光った。

「嘘はいけません。一昨日の夜は帰って来られるだけの魔力が満ちていました。半月前隊長の魔力の断片を感じたから無事なのはわかってましたし、この機を捉えて帰ってくるんだろうとこちらでは皆、思っていたんです。なのに全然コールが来ないのみならず、世界を隔てる障壁が厚みを増してきたので、私が前に感じた魔力を追うよう仰せつかりました。でも隊長がこんな可愛い方と仲良くなっていたなんて……王が知ったら大変な騒ぎになりそうですねえ」

「どうして、ですか」

　ひやりと背筋が冷たくなった。

　関わりあってはいけなかったのだろうか。

　豚肉がたくさん混じっていそうな場所を狙い野菜炒めを取ろうとしていたグレンが、不機嫌そうに唸った。

「リュドヴィック！」

「はいはい」

　リュドヴィックが口を噤んでしまうと、食器の音だけがリビングに響く。

　違う世界で生まれ育った聖明にとって、グレンとリュドヴィックの会話はわからない事だらけで、なんだか仲間外れにされている気分だ。黙りこくって料理をつついていると、リュドヴィックと競うように食べていたグレンが顔を上げた。

「どうしたキヨアキ。あまり食べていないな」

聖明は弱々しく微笑む。食欲などあるわけがない。

「俺の事は気にしなくていーから、食っちゃいな」

「だめだ。食わないからキヨアキはそんなにひ弱な躯なんだ。リュドヴィックに全部食われる前に食え」

ひ弱って。

そんな風に言われたのは初めてだった。聖明はグレンやリュドヴィックなど戦うための筋肉がついている騎士たちに比べればひょろいかもしれないが、ごく平均的な体型であるし筋肉だってそれなりにある。

それなのに、グレンは聖明の取り皿にどんどん肉を乗せていく。

自分の取り皿に山盛りの肉を確保したリュドヴィックが、貴族的な美貌に上品とは言いがたい笑みを浮かべた。

「隊長はキヨアキにはお優しいんですねえ」

「黙れ」

リュドヴィックの取り皿から肉がかっさらわれる。

「あっ！　ひどいです、隊長！」

肉に牙を立て、グレンは凄みのある笑みを浮かべた。

にぎやかな食事が終わると、グレンは風呂の使い方を教えると言って、さりげなくリュドヴィックを伴い消えた。

なんだか胸の裡《うち》がざわざわして落ち着かない。聖明はテレビの音だけが響く中、一人で食器を洗う。

「先に湯を使わせていただきました。ありがとうございます。あの風呂という設備も、実に素晴らしいですね」

気が付くと浴衣姿のリュドヴィックがリビングに戻ってきていた。グレンと同じく足りない裾から白い臑《すね》が伸びている。

シルヴァにはない石鹸やシャンプーで磨きたてたおかげだろうか、白いと思っていた肌は更に瑞々《みずみず》しさを増し、輝くような美しさだった。

この美貌も聖明を落ち込ませる。

これだけ綺麗な存在が身近にいたのだ。グレンから見たら聖明など路傍《ろぼう》の石くらいにしか見えないに違いない。

「グレンは？」

「今、私と入れ替わりに風呂に入っています」

湿った髪を掻き上げると、リュドヴィックは不意にまた聖明に向かって優雅に膝を折った。

「この世界に迷い込んだ隊長に手を貸してくださって誠にありがとうございました。王に代わって御礼申し上げます」

「俺は……別に……」

自分がしたい事をしただけだ。聖明はグレンを助けるどころか、帰還を妨《さまた》げもした。

「シルヴァにはいつ帰るんだ？」

「次の満月の晩に」

「そっか。あのさ、誤解しないで欲しいんだが、この間、壁が一番薄くなったっていう満月の夜にグレンが帰らなかったのは俺のせいだったんだ。俺が……その……」

聖明は、口ごもる。どう、説明したらいいんだろう。

悪漢に命を狙われ怪我をしたので？　事実ではあるが陳腐《ちんぷ》だ。

聖明の沈黙をどう捉えたのか、リュドヴィックは女神のような微笑みを浮かべた。

「気にする事はありません。隊長があなたを優先させるのは当然の事なんですから」

俺は首を傾げた。

当然？　なんでだ？　グレンを保護したからか？

「でもグレンは、とても帰りたがっていたんだ。王を助けたいと」

「それは申し訳ありません」

「？　申し訳、ない？」

申し訳ないって、誰に対してだ？　聖明に、っぽく聞こえたが、そんな事がある筈がなかった。

「ですがご理解ください。隊長が王に肩入れするのは仕方がない事なのです。オーレリー様の死に様は無惨なものでした。取り戻せたのは骨だけでしたが、無数の傷が刻まれていた。オーレリー様は散々にいたぶられた末、ヒト型を保てなくなり――食らわれたのです」

テレビがどっと笑い声を上げ、安っぽい音楽がリビングに響きわたる。

聖明はリュドヴィックの言葉をうまく飲み込めなかった。

「――食らわれた？　食べるって意味ですか？　さっきの茹で鶏のように？　あなたの世界では、ヒトを食べるんですか？」

リュドヴィックは不意に縁側の方を振り返った。硝子《がらす》越しに少し欠け始めた月が見える。

「ヒトではありません。弱りこの形を保てなくなったら、それは獣。シルヴァでは食らわれる者なのです。ヒト型を保てなくなり他の獣に食らわれるのは、狼族にとって最大の恥《ち》辱《じょく》とみなされます。彼らはそれを知っていて、オーレリー様をただ殺すだけでなく辱《はずかし》めた。私たちは絶対に彼らを許しません」

聖明はリュドヴィックの横顔を見つめた。張りつめた表情は嘘を言っているようには見えなかった。

つまり。

獣型になると他の種族に食われてしまうのか？　シルヴァでは。

一番初め、グレンは獣型をさらすのは騎士にとって恥ずかしい事なのだと聖明に言った。

きっとそれは、獣型イコール、弱く無防備な状態であるからなのだろう。

ヒト型を保てなくなると、食べられてしまう世界。――恐ろしくシビアだ。

愛する人が家畜のように食べられてしまったら、残された者の悲しみは尋常なものではないだろう。食い殺したものを怒り、憎むのも当たり前だ。

〝敵〟に対するグレンの強い怒りが、ようやく理解できた気がした。

「かつて隊長の両親も同様に他種族に食らわれて死にました。だからなのでしょう。隊長の怒りは兄を失った王よりも苛烈なようにすら思えます」

聖明は呆然とリュドヴィックを見つめた。

グレンも親を殺されたのか？

「キヨアキ様、そんな顔をなさる事はありません。もう十年も前の話です。それに私たちの世界ではよくある事」

「でも……！」

胸が締め付けられるように苦しくなった。

　グレンは……どんな気持ちだったろう。ただ殺されるだけでも胸が張り裂けそうな程つらいのに、食らわれただなんて。聖明は自分の事しか考えられなかった己が急に恥ずかしくなった。

　強いグレンの目に、親を殺されたと泣き言を言う聖明の姿はどんな風に映っていたのだろうか。情けない男だと思われなかっただろうか。それとも——もしかして、同じ境遇だったから、グレンは聖明にも情を傾けてくれたんだろうか。

　だがそうだとしたら。その気持ちは恋ではない。単なる同情だ。

「なんだ。どうした？」

　タオルで髪を拭きながら出てきたグレンが、部屋の空気がおかしい事に気付き、怪訝そうに首を傾げる。

　何か言いたかったが、何を言えばいいのかわからなかった。

　グレンは強い。

　聖明のように泣いたりしない。

　今更慰めの言葉などかけても、十年も前の古傷を疼かせるだけだろう。

　気の利いた言葉一つ探し出せず、聖明は沈黙する。

リュドヴィックを父の部屋に寝かせると、聖明は自分のではなくグレンの布団に忍び入った。グレンは驚きも見せず、当たり前のように迎え入れ、鼻先を擦りあわせた。

強く抱き締められ、ようやく聖明は、自分こそが慰めを必要としていたのだと気が付いた。

俺は、弱い。すごく、弱い。

＋　＋　＋

携帯の音で目が覚めた。

どうやら聖明はソファでうたたねしていたらしい。身動きしたら落ちそうになってどきりとする。

すぐ目の前のテーブルの上で携帯が色とりどりのＬＥＤを点滅させている。聖明が手に取りキーを押すと聞き慣れた声が聞こえてきた。

『お休みのところ恐れ入ります！』

「なんだ、加島か」

聖明はまたソファに仰向けになると、肘掛けに足を乗せ、躯を伸ばした。

『……ごあいさつですねえ』

ぼやかれ聖明は小さく笑う。

リュドヴィックが来た日から一週間近くが経っていた。態度がおかしかった加島は翌日には元に戻り、何事もなかったかのようにフレンドリーに聖明に接した。一体何が原因であんな態度をとられたのか気にはなったが、藪《やぶ》をつついて蛇を出す事もない。聖明は何も聞かず、表面上和《なご》やかな日々を送っている。

『今日、暇ですか』

「いいや」

『……夜はどうですか。飲みに行きませんか』

どういう訳だかあれ以来、加島は聖明を飲みに誘いたがる。だが聖明は一度もそれに応じなかった。

グレンに気を付けろと言われているし、何より今は加島の顔より見ていたいものがある。

「悪いが、夜も予定があるんだ」

携帯の向こうで加島が黙り込む。聖明は肘掛けの上で軽く組んだ足の向こうを見つめた。開けっ放しのガラス戸から、柔らかな春の風が吹き込んでくる。空は青く、日差しは眩しい程だ。急速に繁茂《はんも》しつつある植物の間から白い太った猫が現れ、縁側に前足を乗せる。

なーん。

甘い声が聞こえる。

『じゃあ、いつなら付き合ってくれるんですか。粟野さん、いつ誘ってもだめじゃないですか』

「ごめん。予定が空いたら連絡するよ」

『早めにお願いしますよ、本当に。でないと俺、粟野さんに嫌われているんだと思いますからね』

子供っぽい台詞に苦笑いしている間に通話が切れる。聖明は携帯を握ったまま思い切り伸びをし、起きあがった。

ダイニングテーブルではグレンとリュドヴィックが額を突き合わせ、真剣な顔で話をしている。

「グレン、お茶でも飲むか?」

聞いてみたが返事すらない。

「グーレーン——」

むかついたのでもう一回大きな声で呼んでみたら、うるさそうに一瞥《いちべつ》し、いらんとだけ言ってまたリュドヴィックとの話に戻ってしまった。

何様のつもりだ、てめえ。

グレンたちを構うのは止めてソファを降り、廊下の日溜まりで規格外サイズの腹を見せるシロの傍にしゃがみこむ。

聖明はシロを撫でながら、怖いくらい真剣な顔をしているグレンの横顔を眺めた。

リュドヴィックが来てからこの二人は、寝る時以外いつも一緒だ。シルヴァに帰ってからやればいいのに、毎日二人で訳のわからない作戦会議をしている。

今では聖明にリュドヴィックの分の服も買わせ、護衛にも二人で来る。

聖明を守るためではない。

この二人は聖明が仕事をしている間、見回りもせず公園のピクニックテーブルで話をしているのだ。

聖明は面白くない。バス代だってバカにならないのだ。

おまけに昼になると聖明は二人前ずつ弁当を買わされる。二人とも全く遠慮なんかせずがっつき、帰りのバスの中では餃子が食べたいだの焼き肉がいいだの勝手な事を言う。

無邪気なわんこのおねだりだと思おうとしても腹が立つ。聖明が一人で食事の支度をしている間もずっとグレンはリュドヴィックとのお喋りに興じているのだ。

出勤時の鼻ちょん挨拶もなくなった。

メンクイめ、と聖明はグレンを睨み付ける。お綺麗なリュドヴィックが来たらもう聖明なんかには用がないんだろう。

「リュドヴィック！　集中しろ」

「でも隊長、素晴らしく太った獲物がそこに」

いつの間にか二人の会話が途切れていた。リュドヴィックが耳も尻尾も緊張させシロを見つめている。シロを狩る気なのだ。

「あれはキヨアキの友人だ。手を出してはならん」

自分だって最初の頃は物欲しそうにシロを見ていた癖に、グレンが偉そうに言う。

「リュドヴィックって上品そうに見えて食い意地が張っているよな」

聖明がシロの肉球をぷにぷにしながら笑うと、リュドヴィックは尻尾の毛を逆立てた。

「隊長の方が大食らいなのに不本意です！」

それを聞いたグレンがぐるると不穏な唸り声を上げる。

凍り付いた聖明とリュドヴィックを不機嫌に一瞥し、グレンは席を立った。キッチンに水を飲みに行く。

「さっき茶ァ飲むかって聞いたら、いらないって言った癖に」

「隊長は熱い飲み物が苦手なんです。私は大好きですけどね。あの紅茶というお茶、飲みたいなあ」

無愛想なグレンとは異なり、リュドヴィックは図々しい。

だが聖明も茶が飲みたいと思っていたところなので立ち上がった。リビングを突っ切ろうとすると足下に古いカレンダーが散乱している。何か書く物が欲しいとねだられ聖明が与えたものだ。

　踏んで転ぶと危ないので拾い上げると、裏に訳のわからない図形が書き散らされていた。

「これって、あんた達の文字なのか？」

　ぐるぐると渦《うず》を描いているマークを指すと、リュドヴィックは目を輝かせた。

「文字って何ですか？」

　聖明はぎょっとした。

　これまでのやりとりで、名称が通じないモノはそもそもシルヴァに存在しないらしい事がわかっていた。

「言葉を記号で表現するものだ。シルヴァにはないのか？」

「ありません。これは単にわかりやすいように布陣を表してみただけです。で、文字というのは何のためにあるんですか？」

　リュドヴィックは好奇心旺盛《おうせい》でしつこい。

「そうだな、直接会えない人に意志を伝えたり、大事な事を書き留めておいたりとか」

「そんなのちゃんと覚えておけばいい事じゃないですか。直接会えない人には伝言すればいい」

「でも途中で忘れたら困るだろ」

「忘れる？」

突っ込んで確認してみたところ、リュドヴィックは見聞きした事は全て一発で覚えられるらしい。グレンもそのようだ。文字文化がないせいで記憶力が鍛えられているのかもしれない。

聖明はリュドヴィックが好きなアールグレイの茶葉を棚から取り出す。キッチンまでついてきたリュドヴィックが鼻をひくつかせた。

「いい香りですね。私、このお茶大好きです。シルヴァに戻る時、少しいただけませんか？」

シルヴァに戻る、という言葉を聞いた途端、聖明の胸はずきんと痛んだ。

「いいよ。一缶買っておく」

「あと、キヨアキが着ているような服も欲しいです。ボタンの付いたシャツとポケットのたくさん付いたズボン」

リュドヴィックはとことん図々しい。

「カーゴパンツか？　あんまり贅沢言うなよな。金出すのは俺なんだから」

「高いんですか？」

「まあピンキリだけど」

何度も言うようだが金を払うのは聖明だ。

「じゃあ代わりに何か差し上げましょう。私の髪はいかがですか？」

「いらない」

全く気のそそられない提案である。聖明が眉を顰め拒否すると、リュドヴィックは心外そうな顔をした。

「ひ弱なキヨアキにぴったりのいいお守りになるのに。私は狼族では〟魔法のリュドヴィック〟と呼ばれていて、〟剣のグレン〟である隊長と並び立つ存在なんですよ。私の匂いがあるだけで、弱い獣なら寄ってこなくなります」

なんとリュドヴィックはあの恐ろしい魔法の遣い手らしい。

「いやこの世界じゃ獣なんてその辺にうろついていないし。でもグレンて、そんなに有名な騎士だったのか」

リュドヴィックは我が事のように胸を張った。

「それはもう。血も涙もない、狼族最強の騎士と言われてます！　剣の腕はもちろん、目付きの悪さと態度のでかさも半端ありませんからね。怖くて誰も近づけない。隊長は王を前にしてもふてぶてしい態度を変えないんですよ。だからこちらに来た時は本当に驚きました。あの恐ろしい隊長がキヨアキに肉をとってやったりしてるんですからね。キヨアキはどんな魔法を隊長にかけたんですか」

ポットからマグカップに紅茶を注ぎながら、聖明は苦笑した。

「無愛想だとは思うがグレンを怖いと思った事はないよ」

「そんな事を言えるのはキヨアキだからですよ。戦場で敵と対峙する隊長ときたら、本当にちびっちゃいそうになる程怖いんですから」

「俺にはリュドヴィックもグレンに負けず劣らずふてぶてしいように見えるぞ。全然グレンを恐れている様子もないし」

「それは私が隊長と三歳しか違わないからでしょう。私たちは同じ群《むれ》で育ったんです。今と違って隊長も、幼い頃は面倒見のいい方でしたからね。あ、ありがとうございます」

熱いマグカップを受け取りリュドヴィックは顔を綻ばせる。

聖明は両手にマグカップを持ってダイニングテーブルに向かった。むっつりと黙り込んでいるグレンの前に一つカップを置く。

ぱたり、と一回だけ振られたグレンの尻尾を見て聖明はいい事を思い付いた。

「ああ、そうだ、服を買ってやってもいいぞ、リュドヴィック。その代わり獣型になって撫でさせろ」

リュドヴィックの獣型はまだ見た事がない。耳も尻尾も白銀だし、さぞかし綺麗な白狼になるだろう。ぎゅっとしたらグレンとはまた違う気持ちよさがあるに違いない。

しかし思わぬ方向から横槍が入った。

「だめだ！」

グレンだ。

「絶対にダメだ！」

吠えるような声に空気がびりびり震える。

リュドヴィックも今までのしれっとした態度はどこへやら、耳をぺたりと寝かせ青くなった。

「き、キヨアキ！　そんなのより私の髪の方がいいですよ。大サービスで十本差し上げます。シルヴァでは女の子たちがキャーって奪い合う程の逸品《いっぴん》なんですよ？」

変だ。獣型を他人にさらすのは恥ずかしい事らしいからリュドヴィックが厭がるのはわかるが、どうしてグレンが文句を言うんだろう。

違和感には気付かない振りで、聖明は軽口を叩く。

「キャーって、ねえ……。まあ、確かにリュドヴィックはもてそうだよな。彼女が二桁とかいそう」

多分、女たちがリュドヴィックの髪を欲しがるのは、卒業式に先輩のボタンを欲しがるような感覚なのだろう。この顔である、女など入れ食い状態に違いない。

だがリュドヴィックは、聖明の言葉に自慢し返すどころか憤慨した。

「失礼な！　私は生粋《きっすい》の狼族ですよっ。運命の相手としかつがう気はありません！」

その勢いにちょっとびっくりした。

「運命の相手？　ロマンティックだな」

「狼族は情が深いんです。唯一定めたつがいの相手以外に手を出すなんてありえません。連れ合いが死ねば後は一人身で過ごします。悲しみのあまり死ぬ者すらいるんですよ」

生涯に、ただ一人しか、愛せない？

じゃあ、俺は？

聖明はリュドヴィックを見つめた。

俺もグレンの生涯唯一の存在に選ばれたのか？

そんな風には思えなかった。

だって一度だって好きって言われてない。リュドヴィックが来てからはほったらかしだ。

男はノーカウントなのかもしれないな。

なんでもない顔を取り繕いマグカップを傾けると、熱い紅茶が舌を灼《や》いた。

＋　＋　＋

月はもう四分の一近くが欠けてしまっている。

その夜、聖明は障子を閉めると、もう布団に入っているグレンの傍に膝を突いた。

「なあ。獣型になれよ」

リュドヴィックが来てからグレンは全然狼の姿にならない。同じ騎士に獣型を見せる訳にはいかないのだろうが、寝室なら聖明とグレン以外誰もいない。

眠そうな顔をしたグレンが布団の中で身じろぐ。次の瞬間には浴衣にくるまった大きな獣が布団の中にいた。

聖明は久しぶりにもふもふの毛並みを抱き締め堪能する。

ふー。

このところイライラしていたのは、このもふもふが足りなかったせいかもしれない。聖明は邪魔な浴衣を脱がせながら、グレンの躯に頬を擦り寄せる。

「あのさ、グレン。その、俺の事、好きか?」

眠そうに弛緩《しかん》していたグレンの耳がびしっと固まった。

「いきなり変な事を聞くな」

怒ったような声に気持ちが萎む。だが曖昧《あいまい》なまま引っ込んだら恥ずかしい思いをした分、損だ。聖明はもごもごと言葉を繋いだ。

「変な事じゃないだろ。俺を押し倒したのはグレンじゃないか」

好きだと言ってくれたなら、それでいい事にする——聖明はそう心の中で決めていた。

考えてみればグレンは違う世界の住人だ。聖明をつがいに選ぶ訳がない。遠くない未来に離れ離れになるのだと、始めからわかっていた。

悲しいけれど、一緒に過ごした時間は楽しかった。だから一言好きだと言ってくれれば、聖明はその言葉を胸に抱いて、気持ちよく異世界に送り返してやるつもりだった。

だがグレンの言葉は刺々しかった。

「不本意だったとでも言いたいのか」

「俺だって楽しんだんだし、責める気はないが」

暗に肯定すると、グレンは狼の頭をもたげた。

「ふざけた事を言うな、キヨアキ。俺は雄だから、近くに発情した雌《めす》がいれば発情するんだ。誘惑されれば、自分を抑えられない事もある」

……は？　俺が発情したメス？　――それはあんまりな言い様じゃないか？

あんたは俺をずっとそんな風に思ってたのか？　頭に来たがそれ以上に悲しかった。

思わず殴ると、狼のグレンは機敏に聖明から飛び退き、牙を剥いた。

「何をする！」

威嚇する声に愛なんてない。

リュドヴィックが来てから、溜まりに溜まっていた何かが聖明の中で爆発した。

「何もクソもあるか！　あんた、最低だ！　俺に気持ちがないんなら、もう触るな。明日から護衛にも来なくていい！」

「キヨアキ」

「ついてくんなっ！」

聖明は逃げるように寝室を出た。縁側廊下をまっすぐに進み、リビングに入る。冬の名残で置きっぱなしになっていた大判の膝掛けを毛布代わりに広げ、二人掛けの狭苦しいソファの上で躯を丸める。

別に、平気だ。

俺は男だし、ヤリ逃げされたところでなんて事ない。大飯食らいが帰ってくればせいせいする。

グレンがいなくなったらまた一人になってしまうけれど。

……全然、平気だ。

寝やすいようにクッションの位置を変えようとして、聖明は不意に二つの鬼火が闇の中に揺れているのに気づき緊張した。

グレンだ。聖明を追ってきたらしい。

張り裂けそうだった心が少し緩んだが、グレンは何も言わず突っ立っているだけだった。

暗いせいでどんな表情をしているのかすらもわからない。

グレンが黙っているせいで、ぽこりぽこりと厭な考えが浮かんでくる。

こいつにとって俺は何だったんだろう。

都合の良い保護者？　ただの雌犬？　守ってやると言ってくれたのは嘘だったのか？

――もう何だっていい。

「あっち、行けよ」

聖明は手近にあったクッションを引き寄せた。

グレンは微動だにしない。だから聖明はクッションを投げ付けた。

「あっち行けっつってんだろっ！」

四辺に房《ふさ》の付いたクッションが、狼の前足に当たって転がる。

聖明は更に新聞を掴んだ。

「あっちに、行け！」

明後日の方向に飛んでいった新聞が縁側廊下に落ち、ばさりと小さな音を立てる。

何のダメージもなかったが、グレンはのっそりと動き出した。縁側廊下へ出て、寝室へと帰っていく。聖明は膝掛けをきつく躯に巻き付け、躯を丸めた。

＋　＋　＋

「ただいま戻りました」

お昼前、聖明が出先から戻ってくると机の上に電話メモが貼られていた。

午後に改めて電話すると書いてあるから急ぎではなさそうだ。相手先名の欄にはバイトの子の丸っこい文字で〝菊井〟と記されている。

菊井——祖父母と同じ姓だ。

必ず聞くように指導しているのに、メモには電話番号が記されていない。

とっちめてやらねばと思ったところで、満面の笑みを浮かべたバイトの子が寄ってきた。

「お昼前に帰ってきてくれてよかった！　栗野さん、今日、一緒にランチ食べに行きませんか。坂の下のイタリアンレストランで、苺フェアやっているんですって」

「苺フェアはいいが、このメモ、電話番号が抜けているぞ」

「ちゃんと聞いたんですけど、病院にいるから折り返されても出られないって、教えてもらえなかったんです。で、行きますよね、栗野さん」

「……たまには、いいか」

椅子に腰掛け、無意識にメモ用紙を手の中でいじりまわす。病院という事は本当に祖父なのだろうか。今更、何の用なんだろうなどと考えていると、お昼の時報が鳴った。

「さ、行きましょう、栗野さん」

ぼうっとしていても仕方がない。立ち上がると、引き戸のところで加島も待っていた。

「遅いぞ」

て、え。加島も行くのか。

聖明は狼狽えた。

加島には気を付けるようグレンに言われている。いつものグレンたちの護衛も今日は断ってしまったのでない。いつも以上に気を付けねばならないのはわかっていたが、今更行かないとは言いにくい。バイトの子もいる事だし、まあ大丈夫だろうと高をくくり後に続く。

バイトの子が行きたがったレストランは、緩くカーブを描くバス通りを下って行った所にある。近道をしようと、聖明たちはまだ入居者が決まっていない家々の間を縫うように進んだ。見通しの悪い小さな林を抜けようとしたところで、バイトの子があ、と小さな悲鳴を上げる。

「やだ、携帯、忘れて来ちゃった！　すいません、先に行っててください。すぐ取ってきます」

「え、ちょ……っ」

たかが携帯、どうでもいいだろうと言う隙もなく、バイトの子は短いスカートを閃かせ駆け戻っていく。

バス通りを走る車の音が遠く聞こえるだけでとても静かな林の中に、聖明は加島と二人、取り残されてしまった。

ぎこちなく振り向くと、加島がやけに嬉しそうに微笑んでいる。聖明も反射的に曖昧な笑みを浮かべた。

「相変わらずそそっかしい子だな」

「そうですね。でも、ちょうどよかったです。俺ね、ずっと粟野さんと二人っきりで話したくてこういう機会が来るのを待っていたんですよ」

「は？」

春特有の強い風が吹き抜け、木々が揺れた。

加島が聖明に向かってゆっくりと踏み出す。いつもと同じ穏やかな笑みなのに、獲物を追いつめた補食者の余裕が滲《にじ》んでいるように見えた。

「飲みに誘っても粟野さんつれないし、どうしようかと思っていたんですけど、あの子が忘れ物してくれて助かりました」

聖明は思わず後ろに下がった。

まさか本当に加島が関係していたのだろうか、聖明が襲われた事に。

加島の鼻は曲がっていないし、身長もマスク男とは違う。実行犯ではないのはわかっているが、別の形で荷担している可能性はある。

足を止めた加島の頭が勢いよく下がった。何を仕掛けられるのかと反射的に躯を強張らせた聖明は呆気にとられる。

加島は直角に腰を折り、聖明に頭を下げていた。

「粟野さん、お願いです！　ウチの姉と見合いしてください……ッ！」

「は？　……見合い？」

「その、前、ちらっと粟野さんの姿見た時に好きになっちゃったみたいで、どうしても一度会ってお話がしたいって聞かないんです。お願いしますッ！」

……え。そんな事を言う為にこいつは俺の隙を狙っていたのか？

一気に気が抜けた。

――なんだ。

「バッカ野郎、脅かすなよっ！　変なタメ作るからおまえが一連の事件の犯人なのかと思っちまったじゃねーか！」

「は……犯人て俺がですか!?　粟野さん、酷いです！」

「酷くねーよ。まったく。やたら飲みに誘ってきたのはそういう事か。もしかして犬好きっていうのも、俺の家に来るための嘘か？　――馬鹿馬鹿しい」

急に腹が減ってきた。聖明がレストランへ向かってさっさと歩き始めると、加島が慌てて追い縋ってくる。

「ちょっ、待ってくださいよ！　栗野さん、まだ話は終わってませんッ。姉と見合いしてください！」

「悪いが、俺好きな奴いるから無理」

さらっと言ってしまってから、ちょっと自分でもびっくりした。

好きな奴、か。多分グレンにとって俺はそうじゃないんだろうが。

「栗野さんの好きな人って、毎日栗野さんの送迎《そうげい》してる、あのデカい人ですよね」

「えーっと」

やはり、バレバレだったらしい。

「でも！　男じゃないですか！　外国人だし、結婚もできないし」

「そう、だが」

本当は加島が思っているよりもっとシビアな状況だ。

人を雌犬扱いするような男だし、異世界人だし、本性は獣だし。

好きという言葉すらくれない、最低の奴。聖明を置き去りにして行ってしまおうとさえしている。

大嫌いだがそれでもやっぱり、

「好きなんだ、すごく」

初めは、一人でいたくない、ただそれだけだった。

もふもふの毛皮を抱き締めていると、小鉄が——家族が揃っていた頃の幸せな気分を取り戻せる。

だが喧嘩しつつも面倒を見てやっているうちに、いつの間にか聖明は両親がいなくなってからずっと囚われていた仄暗い世界から脱していた。

グレンの傍にいると、無条件に安心できる。

何があっても揺るがない超然とした存在感と強引だが優しい愛撫が、壊れかけていた聖明の心をどれだけ支えてくれた事だろう。

どんな扱いを受けても、聖明はグレンが好きだった。

他の人と付き合うなんて、考えられない。

「栗野さん……」

無駄だと悟ったのだろうか、加島は少し遅れてついてくる。

見通しの悪い林の中を聖明は黙々と進んだ。隆起した地面に桜の大樹。それから不法投棄された粗大ゴミ。鬱蒼《うっそう》と茂る木々の向こうに見えるバス通りは驚く程明るい。

大きな物置の横を通り過ぎようとして、不意に聖明はその男の存在に気付いた。

男は薄暗い林の中だというのにサングラスをしていた。白いマスクにキャップ、手に光るナイフも、公園で見た男と同じだ。物置の陰に身を潜めていたらしい。

二度ある事は三度あるって事かと聖明はどこか他人事のように思った。センチメンタルな夢を見ているところに急に悪夢が割り込んできたような気分だった。突然の危険に脳がうまく切り替わってくれない。

少し遅れてついてきていた加島が狼狽し、叫ぶ声が聞こえたような気がする。

逃げなければ、とは思ったが、逃げ切れないだろう、とも思った。男との距離は近いし、傍にグレンはいない。

後退ろうとして、突き出ていた岩に足をすくわれる。あ、と思った時にはもう膝が崩れ、聖明は無様に倒れ込んでしまっていた。足の方が高い位置にあるせいでうまく立ち上がれない。

男が迫ってくる。

死を覚悟したその瞬間、聖明が想ったのはグレンの事だった。

初めて会った時、グレンは傷付き荒《すさ》んだ横顔を月明かりにさらしていた。見知らぬ世界に来てしまったというのに平然と構え、聖明の面倒を見てくれさえした。

聖明は助けてやったような気でいたけれど、おそらくグレンは、聖明の手助けなどなくとも独りで生きていけたのだ。

助けられたのは聖明の方。

——喧嘩なんか、しなけりゃよかった。

後味の悪い別れ方になってしまって、ごめん、グレン。できればちゃんと帰還するのを見送ってやりたかったが、無理そうだ。

聖明は落ち葉の上を後退る。ナイフを持っている男のみに五感が集中してゆく。程近いバス通りを走る車の音も聞こえない。それなのに聖明は、茂みを掻き分け何かが近付いてくるのに気が付いた。――それも信じられない程の速さで。

それは障害物だらけの林の中を突っ切り、横合いからナイフを振り上げた男に激突した。男の躯は面白い程簡単にふっとんだ。林の中に点在する桜の大樹に、車に撥ねられたような勢いで顔面からぶつかっていく。

男はしばらく大樹に張り付いていたが、打ち付けられた衝撃で意識を失ったのだろう、そのままずるずると崩れ落ちた。

マスクが樹皮の途中に引っかかって残る。白い筈のそれは赤い。

地面に膝が着くと、男は仰向けに倒れたが、意識を失っていたため無抵抗に樹皮に擦り付けられたのだろう、顔は血塗《ちまみ》れで元の顔立ちすらよくわからなくなっていた。

鮮やかな赤を見た途端、頭の芯がくらりと揺らぐ。

聖明は近くの木に掴まり、深呼吸を繰り返した。

犯人に激突したモノは、ぶつかったその場に静止している。背中を丸め片膝を突き、聖明と同じように犯人を見つめているのは、大柄な男だ。黒い、フード付きのパーカーに包まれた広い背中を認めた途端、聖明は泣きたくなった。

グレン。

「来るなって言ったのに……」

異様なスピードで迫ってきたのは、身を屈め、獣の速さで走るグレンだった。

ゆっくりと立ち上がったグレンが、無機質な眼を聖明に向ける。

「隊長は来るなと言われて来ないようなバカじゃないんです」

別の方角から近付いてきたリュドヴィックが気を失っている男の上に身を屈めた。その目はいつもとは別人のように冷ややかだ。

「おい、おまえ」

グレンに呼びかけられた加島がびくりと肩を跳ねさせる。戦う気だったのか、加島は太い木の枝を両手に握っていた。

「俺たちはここを離れる。こいつをやったのはおまえという事にして、警察に通報しろ」

「え、なんでですか!?」

「私たちはここにはいない筈の存在なので。公に知られる訳にはいかないんですよ」

「公に知られたくないって、……あ、もしかして不法滞在なんですか？」

意味がわからないグレンとリュドヴィックが目を見交わした。目眩をこらえ、聖明が代わりに口を挟む。

「そうなんだ。警察に知られると困る。でも近々、ちゃんとする予定だから」

「参ったなあ……。過剰防衛とかって言われなきゃいいけど……」

「キヨアキの両親を殺した上、三度に渡ってキヨアキを襲った男だ。そんな事にはなるまい」

「父さんと母さんを殺した……？」

聖明は思わず目を上げた。グレンには自信があるようだった。匂いでわかったのだろうか。

この男が、父と母を殺したのか――？

無表情だったグレンの顔が曇った。聖明に向かって近付いてくる。

――キヨアキ、大丈夫か？――

グレンの声は、やけに遠く聞こえた。

男の鮮やかすぎる血の赤が、視神経を痛め付ける。視界に黒い点が無数に飛び交い始めた。

ひどい耳鳴りに耐えきれず、聖明は強く目を瞑る。


一週間の出張を終え帰宅した聖明は、家の前でひどい悪臭がする事に気が付いた。いつもならば、大喜びで出迎えてくれる小鉄の声もしない。

変だな、と思いつつ玄関の鍵を開ける。

引き戸を開けた途端、黒い点がそこら中を飛び交っているのが見えた。

蝿だ。

家の中にとてつもない数の蝿がいる。

異常な光景にぞっとした。

キャリーバッグは玄関に置いたまま、聖明は蝿を払いながら廊下の奥へと進んだ。廊下とリビングを仕切る襖を開けると、蝿が黒い雲のように飛び出してくる。

濃厚な臭気が目に滲《し》みる。目を細め見回した聖明は、大きなものがリビングの床に落ちているのに気が付いた。

――これは何だ？

そこから先は覚えていない。その後の記憶も一ヶ月程は断片的で、聖明自身も現実なのか夢なのか判別できない程に混沌としている。

よく、白昼夢を見た。

鮮やかな赤い血に至る所を覆われたリビング。

日数が経ったせいで血はどす黒く酸化し、鮮やかな赤などどこにもなかった筈なのに、どこからそのイメージが出てきたのかわからない。

時々母の声も聞こえた。

庭を見れば、背を丸めしゃがみ込んでいる父の姿が見えた。父はうまく育った菜園の野菜を収穫しているようだった。


目を開けると、聖明は病院の個室で一人横になっていた。

なんでこんな所にいるんだろう。

起き上がり、廊下を覗いてみる。すぐ近くにナースセンターがあり、ピンク色の看護服を着た女性が出てきた。

「気が付いたんですね。ご気分はいかがですか？　あちらで刑事さんがお待ちになっているんですけど、お部屋に通しても大丈夫かしら」

聖明が了承して元いた病室で待っていると、まず医師がやってきて簡単な診察をした後、父母の担当だった刑事がナースに案内されてきた。

「や、失礼します。申し訳ありません、ご気分が悪いのに」

「いえ。あの俺、どうしてここにいるのか覚えていないんですが」

「ああ。その、林の中で気分が悪くなったんだそうです。通報を受けた者が駆け付けた時には林の中で座り込んでいたとか。……その前にあった事は覚えていらっしゃいますか？」

「はい。林の中で、ナイフを持った男に襲われた」

また目眩を感じ、聖明は手でこめかみを押さえた。

刑事が扉を閉めた。壁際に置いてあった折り畳み式の椅子をベッドの傍に引き寄せ、座る。

「あの男は菊井修二《しゅうじ》。あなたのお父さんの弟にあたります。同僚の方にお聞きしましたが、あの男に襲われたのはこれが初めてではないそうですね」

刑事の表情が硬い。

聖明は苦笑すると、枕をベッドヘッドに寄せ寄りかかった。

「はい。今回で二度目です。ああ、俺が不在の時にも来たらしいから、三度目か」

「どうしてすぐ知らせなかったんですか！」

いきなり刑事が声を荒げた。肌が赤みを帯びている。いつも眠たげな印象を与える目には、怒りではなく、信頼されていなかった自分に対する憤りと口惜しさが揺れていた。

聖明は初めて気が付いた。

投げやりになっていた聖明とは違い、この人は真剣に聖明の事を心配してくれていたらしい。

少し潤んだ瞳を見返せず、聖明は目を伏せる。

「すみません。……あの人、すごく出血してましたが、どうなりました？」

刑事は一度大きく深呼吸をすると、何事もなかったかのようにのったりと答えた。

「治りかけていた鼻と頬、鎖骨と肋骨二本を骨折していました。顔にひどい裂傷、打撲《だぼく》、左目は割れたサングラスの欠片《かけら》で傷付いたとかで、もしかしたら失明するかもしれないそうです」

聖明は思いの外ひどい怪我にぎょっとする。

父と母を殺した事は許せないが、あの血塗れの顔を見て尚いい気味だとは思えなかった。それよりも男の苦痛が生々しく想像できて、鳥肌が立つ。

「あの、加島が過剰防衛に問われたりする事はないですよね」

「それはないでしょう。林の中で足場が悪く、勢いがついて運悪くああいう事になりましたが、怪我の状況を見てもただ一度突き飛ばされただけなのは明白です。そんな事よりも」

刑事は一息挟むと、高らかに告げた。

「菊井はあなたの両親を殺害した事を自供しましたよ」

多分、その時が来たら嬉しいのだろうと思っていたのだが、そんな事はなかった。むしろ空虚な気持ちで、聖明は足を覆う毛布をそわそわとまさぐった。

「動機、は」

「あの男は女とか事業とか――まあその他色々な事で失敗を繰り返していましてね。あなたの祖父にあたる方はあの男を廃嫡《はいちゃく》し、あなたのお父様を捜して跡を継がせようとしていたようです」

父がいなければ、あの男は安泰《あんたい》。

あの男にとっては大事だったのかもしれないが、そんなくだらない理由で両親が殺されたのかと思うと何とも言えない虚《むな》しさが胸に広がった。

「そんな事の為に、父と母は」

蛆《うじ》に食われ、何日も腐臭の中放置され。

「改めて、お悔やみ申し上げます。──大丈夫、ですか?」

世界が、揺らぐ。刑事が心配そうに聖明を見ている。

聖明は俯き、片手で目元を覆った。

「大丈夫です」

家に、帰れば。グレンに会えればきっと大丈夫。そう──思ったのだが。


一時間程後、種々の手続きを終え病院を出ると、ロータリーにグレンがいた。

フードをかぶり壁に寄りかかっている。目立たないようにしているつもりなのだろうが、この極めて長身の外国人は、病院を出入りする人々の注目の的になっていた。服の裾から尻尾がはみ出ているが熱い視線は整った顔立ちに集中しており、不審に思っている人はいないようだ。

近付いて行くと、グレンは壁から躯を離し、聖明を見下ろした。尻尾が揺れ始めたのに聖明は小さく笑う。

「尻尾を動かすのは、禁止」

グレンの眉間に皺が寄り、尻尾がぴたりと動きを止めた。

「どうやってここに来たんだ?」

「獣型で走って追いかけた」

「服は?」

腰に下げたウエストポーチをグレンが示した。首にでも括《くく》り付けて来たのだろう。

「俺を心配してくれた訳?」

少しむっとしたようにグレンの唇が引き結ばれる。

そうだと言ってくれないという事は、別の理由があるんだろうか。

「まあ……別にいいさ、そうじゃなくても。そういえば俺はどうして加島に気を付けねばならなかったんだ? てっきりあいつが犯人かと思ったのに違ってびっくりしたぞ」

投げやりに話しながらタクシー乗り場に向かおうとすると、腕を掴まれた。

「なんだよ」

振り仰ごうとした額に、グレンの大きな掌があてられる。グレンが何か小声で呟くと、じんわりと額があたたかくなった。

怪我もしていないのに、魔法をかけてくれているらしい。

もったいないなと思う。

魔法を使う必要などない。それよりも心配したと、一言そう言ってくれた方が聖明は嬉しいし、癒される。

でも、グレンはむっつりと唇を引き結んだまま。欲しい言葉をくれない。

「……帰ろうぜ。助けてくれた礼に、今夜は何でも好きなもの食わせてやるよ。何がいい？　焼き肉？　餃子？　ステーキでもいいぞ。いっそ外食するか？　俺が作った飯なんかより断然その方がうまいしな」

胸が、軋んだ。

最後に無骨な指先で乱れた前髪を整えると、グレンは聖明から目を逸らした。

＋　＋　＋

「テレビを見ていて気が付いたんですが、この世界の人や動物はもしかして言葉が通じないんですか？」

会社から帰るとリュドヴィックが聖明を待ち構えていた。挨拶もそこそこに、世界の相違を突いた思いがけない質問を浴びせかけてくる。

「そりゃ国が違えば言葉も違う。シルヴァじゃそうじゃないのか？」

「シルヴァではあらゆる生き物の言葉が通じます」

着替える為寝室に行く聖明に、リュドヴィックは尻尾をふりふりついてくる。

「あらゆる生き物？　じゃあたとえば、シロが話している事があんた達にはわかるのか」

「わかりますとも。私とキヨアキの間で会話が成立しているようにね。キヨアキがシロと意志疎通できていない方が私には驚きです。言葉が通じない割にはシロは色んな事を理解しているようですが」

「あ？　そうなのか？」

「ええ。初めて会った時隊長に、どうかキヨアキの傍にいてやってくれないかと頼んできたそうですよ。このところキヨアキが弱っているようで心配だって」

「――――シロが……」

まるで大福のように肥えた猫。餌の事しか頭にないのかと思っていたのに、聖明の事を心配してくれていたらしい。

じいんと胸の奥があたたかくなる。

だが肝心のグレンは今、聖明の事をどう思っているんだろう。

「どうやらシルヴァとこちらとでは世界の理《ことわり》がまるで違っているようですね。キヨアキは魔力を感じる事もできないのに、魔法はかかるようですし――実に、面白い」

新しい発見について語るリュドヴィックのテンションは高い。

危険は去ったと判じたのだろう、グレンとリュドヴィックは聖明の護衛を止めていた。聖明は一人で出勤し、仕事を終えるとまた一人で三人分の食料を仕入れて帰る。その間リュドヴィックとグレンはずっとこの家に二人きりでいる。

帰ってきても聖明そっちのけで訳のわからない話を続けるのは相変わらずだ。時々無性に腹が立つ――というか悲しくなるが、もう聖明はあきらめていた。

どうせグレンはもうすぐいなくなってしまうのだ。

職場の皆は事件解決を喜んでくれた。

加島に姉と見合いするよう迫られた時事件が勃発したのだと知った大隈は、そういえば忠告してやろうとしたところに邪魔が入ってそのままになっていたんだったと苦笑した。常盤と同年代の加島の姉は、結婚に焦っているらしい。粟野の前は大隈が標的にされていたのだそうだ。

決して嫌な女性ではないのだが、結婚を意識しすぎるからだろう、妙な圧迫感があり早々にお断りさせていただいたのだと大隈は言っていた。がっつくとろくな事にならないのは男女とも一緒らしい。

加島が早く気の強いお姉さんに逆らえるようになってくれればいいんだがなあと笑っていた。


事件から一週間後、祖父の代理だという男から連絡があり、聖明は都心の大学病院へと赴いた。

受付で記帳を済ませ、白い建物の中を歩く。案内板にエグゼクティブルームだと記《しる》されていた部屋のインターホンを鳴らすと、厳しい顔付きの女性が扉を細く開けた。

「はい。どなたかしら?」

「今日お会いする約束をしております、粟野聖明と申します」

女性の顔からすうっと表情がなくなった。一度迷うように室内を振り返ってから、大きく扉を開ける。大勢の人が室内にいる事に聖明は戸惑った。彼らの中心に白いベッドが据えられ、老人が横たわっている。

どことなく父の面影《おもかげ》があるその老人を聖明は見つめた。

「聖明、か」

しわがれた声に聖明は頷く。

「はい」

「こちらへ」

近付くと人波が動き、枕元に置かれた一脚《いっきゃく》の椅子が現れた。様々な視線を浴びながらその椅子に座り、聖明はベッドをリクライニングさせた祖父と向き合う。どす黒い顔色は確かにひどく具合が悪そうだったが、祖父の目付きは鋭く、権力者らしい独特の威圧感があった。

「建雄《たけお》に目元が似ているな」

中年の女性が射るような目で聖明を見た。

「そうでしょうか」

「はは、認めたくないか」

「そんな事は」

あけすけな祖父の返答に、女性が鼻白む。

祖父はねっとりとした目で女性を一瞥すると、聖明に向き直った。

「修二に何度も殺されかけたそうだな。私の育て方が悪くて、おまえには申し訳ない事をした」

「おじいさま！　お父さんがそんな事をする訳ないでしょう……！」

ヒステリックな声を上げたのは、ブレザーにチェックのミニスカートという制服を着た少女だった。

あの男には、娘がいたらしい。

思いがけない新事実に聖明は狼狽える。老人は少女を無視した。

「もっと早くにおまえには会うつもりだったんだがな。拒否されたと修二に言われ、鵜呑《うの》みにしておった。修二は子供の頃からどうしようもない奴でな。その代わり長男の建雄はできも良かったし、素直な可愛い子で、私は跡継ぎとしてそれこそ舐めるように大事に育てた。建雄にふさわしい妻も私が吟味《ぎんみ》に吟味を重ねて決めてやったのだがな、ある日突然勝手にどこの馬の骨とも知らぬ女を連れて来おって腹が立った。私が折角時間をかけて最上のものを選んでやったのに、どうして言う事を聞いてくれぬのかとな。だがあれが行ってしまって、すぐに後悔した。行方を探させたものの結局わからなんだが、どうやら修二が邪魔をしておったらしい。今、私はあの時以上に後悔しておる。もっと手を尽くすべきだった。修二がしている事に私が気付きさえすれば、建雄も殺されずに済んだろうに。それに――建雄がまさかあんな古いみすぼらしい家で、貧しい暮らしをしていたとは――」

淡々と話していた老人が咳込んだ。女性の一人が背中をさする。

長い時間の後《のち》、ようやく咳が治まった老人は、底光りする目を聖明に向けた。

「建築系の仕事をしているが、辞めて私の会社に来ないかね？」

室内に緊張が走った。

なんとなく、わかる。多分この話を受けたら、ひどく面倒な事になる。だがその分莫大な財産が手に入るし、新しい職場での待遇は今より何倍も良くなるだろう。

聖明は居並ぶ人々を見渡した。様々な思惑を秘めた表情が目に入る。中にはあからさまに敵意を示している人もいる。

「おじいさん。古くてみすぼらしい家ですが、あれは両親が地道に働いてようやく手に入れた〝夢〟で、俺たち家族にとってはかけがえのない場所だったんです。――とはいえ雨漏りしたり引き戸が開かなくなったり、問題もたくさんあったのは本当ですが」

聖明は小さく笑った。

父と手分けして雨漏りしている場所を探したらいを置いた。撥ねる雨水の音が懐かしい。

「だから俺は、本当に大切な人と幸せに暮らせる家を皆が得られるようにしたいと思って今の職を選びました。俺はこの仕事が好きだし、満足しています。転職する気はありません」

「――――そうか」

残念そうではあったが、祖父はそれ以上食い下がろうとはしなかった。

三十分程他愛《たわい》のない話をして聖明はその場を辞した。短い時間だったがひどく気詰まりな顔合わせだった。

結局老人は大勢いた親族らしき人々を誰一人紹介しなかったどころか、まるで存在すらしないかのように無視し、聖明とだけ話を続けた。時折尖った言葉を挟もうとする制服の少女には目もくれなかった。

金持ちというのは、――色々と大変らしい。

コーヒーが飲みたいと思いながら出口へと向かっていると、ヒールの音が近付いてきた。

病室にいた中年の女性だ。地味な色のスーツをまとい、髪をアップにしている。きちんとした格好をしているのにやけにくたびれて見えた。

「あの、栗野さん！」

「はい」

「ご挨拶が遅くなって申し訳ありません。私、菊井修二の妻の菜枝《なえ》と申します。この度は夫が大変な事をしでかし、本当に申し訳ありませんでした……！」

深々と頭を下げられ、聖明は戸惑った。犯人の家族に謝られるとは、思っていなかった。

「あの、頭を上げてください。あなたは知らなかったんでしょう？　それにあなたに謝られた所で、両親は戻ってきませんし」

菜枝は顔を上げようとしない。通り過ぎるナースやパジャマ姿の患者達の視線が痛い。

「すみませんが、どっちに行けばロビーに出られるのか教えていただけますか？　人を待たせているんです」

　そう言うと、菜枝はようやく躯を起こした。

「では、ロビーまでお送りします」

　迷路のような廊下を通り抜けてゆく。先に立って歩く菜枝は今にも泣きそうな表情のままで会話もない。ひどく気詰まりな道行きの末辿り着いた吹き抜けのロビーは、燦々《さんさん》と差し込む陽の光で明るかった。

　椅子の一つに座っていたグレンが、聖明がロビーに入ると同時に気が付き、近付いてくる。

　聖明は菜枝に微笑みかけた。

「ありがとうございました。では、これで」

「……はい。あの、重ね重ね本当に、申し訳ありませんでした……」

　また深々と頭を下げた菜枝は、逃げるように病室へと戻って行った。

「今の女は誰だ」

　グレンは廊下を遠ざかっていく菜枝の背中を見つめる。

「俺の叔母だよ。犯人の奥さん」

「夫婦揃ってろくでもないな」

　あんまりにも唐突な評価に聖明は眉をひそめた。

「あの女の匂いには覚えがある。年賀状とやらのパッケージに付いていた。あれを送り付けてきたのはあの女だ」

「どういう意味だ」

――では彼女は夫のしていた事を知っていたのか？　だからあんな風に謝ってきた？

父の名前で送り付けられてきた年賀状の意味はわからないまま置き去りにされていた。

おそらくこの薄っぺらな紙切れ一枚は修二によって途中で抜き取られ、祖父母には届かなかったのだろう。だから祖父には父の所在がわからなかったし、父は返事をくれない祖父はまだ怒り続けているのだろうと思っていた。

「でも、どうして」

今更年賀状など聖明に送り付けて、何になる？

「わからんが、アレが届かなければキヨアキは親族の存在など考えもしないままだったろうな。おまえが祖父に会いこの年賀状を見せれば、どうして届かなかったか追求が始まるのは想像に難くない」

そうしたら、修二は捕まっていた？

「俺たちに犯人を教えようとしてくれたって事か？」

「――くだらん。こんな回りくどい真似などせず、あの女がさっさと警察に行けばキヨアキは何度も襲われずに済んだんだ」

「でも、あの人にとってあの男は長い間連れ添ってきた連れ合いなんだし、そんな情のない事はできなかったんじゃないかな」

「情、か」

「グレン？」

覇気《はき》のない声に驚き目を上げた時にはもう、グレンは聖明に背を向けていた。


更に数日後、祖父の訃報《ふほう》が届いた。親族達を圧倒する姿を見たばかりだっただけに、聖明は愕然とした。

祖父は父が生まれ育ったのだという本宅と資産の一部を聖明に遺すよう言い残していた。

それから目の回るような忙しい毎日が始まった。仕事の傍ら、聖明は様々な手続きを済ませ、よそよそしい親族と必要な連絡を取り合い、譲られた本宅を見に行った。

閑静な高級住宅街にある屋敷は、信じ難い程広大で豪勢だった。

庭はちょっとした公園程の広さがあり、鯉の泳ぐ清流がある。付いてきていたグレンもリュドヴィックも、物欲しそうに尻尾を振りながら大きな鯉を凝視していた。

遠出のついでに二人に松坂牛のステーキをご馳走《ちそう》した。腹一杯食べさせたら気が遠くなるような金額になったが、今の聖明はそれくらいなんて事のない金持ちだった。

もらった遺産は莫大で、今聖明が住んでいる家など百軒単位で買えそうだ。父が母を愛したが為にそれだけのものを捨ててきたのかと思うと、不思議な気分になる。

母は小柄な女性で、特に美人という訳でもなかった。父はがっしりとした体格で、近所でも評判の色男だった。だが浮気一つせず、家庭菜園に精を出し、毎晩濁り酒を少しだけ飲むのを楽しみにしていた。

母のどこが父にそこまでさせたのか聖明にはわからない。聖明にはそこまでの情熱がない。今まで付き合ったどの女の子にもそこそこの〝好き〟しかなかったような気がする。グレンの事にしたって、どうしても別れたくなければついていけばいいのだ。仕事を辞めるのは惜しいが、聖明にはもう家族もいない。この世界に大した未練はない。

それでも、物理法則まで違うらしい異世界にまでグレンを追っていく気にはなれなかった。獣の理《ことわり》が支配する世界で生きていける自信も覚悟も聖明にはない。

聖明自身その程度の気持ちしかないのに、どうしてグレンを責められるだろう。

ほんの一時、同じ世界にいられただけの相手。永遠なんてお互いに考えてない。気持ちよくセックスして、孤独を埋めてもらって、〝ああ楽しかった〟でいいじゃないか。

——飛ぶように日々は過ぎ、気付けばまた満月の夜が到来しようとしている。

＋　＋　＋

雲一つない夜だった。真円に育った月が天空に上ろうとしている。

聖明は虚ろな気分で過ぎゆく時を見つめていた。

古い掛け時計の秒針の音も、胸の中で心臓が刻む鼓動も、聖明を追いつめようとしている。

別になんて事ない。

グレンがいなくなってもこの世界は何ら変わりない。聖明は明日からも仕事に勤《いそ》しみ、日々を過ごす。大丈夫だ、と自分に言い聞かせる言葉が虚しい。

せめて土産《みやげ》にと、真空パックになったソーセージを用意していると、異世界の衣装に着替えたリュドヴィックが近寄ってきた。

「少し二人でその辺を歩いて来ませんか？」

「え、でも、今夜帰るんだよな？」

「月が真上に達するまでまだ間がありますから」

「行ってこい」

縁側で剣を磨いていたグレンが肩越しに聖明を振り返って言った。その横には、いつ来たのかシロがちょこんと座っている。

「あー、じゃあ」

玄関に回り靴を履く。リュドヴィックはぽつりぽつりと街灯が灯る坂道へと聖明を誘った。

「短い間でしたがキヨアキには本当にお世話になりました。特に隊長の面倒を見てくださった事に、深く御礼申し上げます」

「……王様の代理として？」

「いいえ、私自身の気持ちです。子供の頃からあの人を見てきた友人として」

闇の中、リュドヴィックの金髪は燐光《りんこう》を放っているように見えた。

「前にも少しお話しましたが、両親が食い殺されてからあの人はすっかり変わってしまいました。笑わないし、泣かない。いつも神経をぴりぴり尖らせて誰も傍に近づけようとせず、鬼気迫る顔付きで剣の鍛錬《たんれん》ばかりに打ち込んでいる。おかげでとても強い騎士にはなれましたが、容赦《ようしゃ》ない戦いぶりのせいで同じ狼族からも恐れられるようになってしまいました。私もアシル王もあの人が心配でしたし、ずっと望んでいたんです。もっと自分の幸せにも目を向けて欲しいと。だから、こちらに来てキヨアキから隊長の匂いがするのに気が付いた時はとても嬉しかったんですよ。ようやくつがいの相手を得て幸せを掴んでくれたんだなって、心底ほっとしました」

「つがいの相手って……俺は男だし、異世界の存在なのに」

リュドヴィックが振り向く。金色の髪が優雅に広がり、サファイアの瞳が硝子玉のように美しい光を発した。

「そうですね。隊長もそのせいで最後まで迷われていたようですが、往生際《おうじょうぎわ》が悪いとしか言いようがありません。私たちは一度この人と決めたら、生涯その人以外とはつがえないんです。肌を重ねた以上、隊長にはもうキヨアキしかいない」

――――嘘だろ。

それは震えがくる程に嬉しく、恐ろしい言葉だった。聖明に手を出したせいで、グレンは新しい恋人を作れない。異世界に帰ったら、一生を一人で暮らさねばならないのだ。

その事に一瞬でも愉悦を感じてしまった自分を聖明は恥じた。

「でも――俺は向こうには、ついていけない」

「隊長から何もお聞きになってないんですか？」

「え？」

茂った木々の間から差し込んだ満月の光が、白いリュドヴィックの美貌を照らし出した。

リュドヴィックは艶めかしい程に美しく微笑んだ。

「大丈夫。何も心配ありません。さ、戻りましょう。隊長がきっとじりじりしてキヨアキを待っていますよ」

「あいつは俺の事なんか待っていないと思うぞ」

　リュドヴィックは首を振った。

「いいえ、待ってます。狼族は愛情深く、その分嫉妬深い。隊長は私とキヨアキが話しているだけでも随分苛立っていましたし、キヨアキの仕事仲間も気に入らなくて、仕事に行かせたくないとやきもきしていたんですよ。中でもカシマという男は挑発的な目で隊長を見ていたから、キヨアキに思うところがあるに違いないって随分気にしてました。今も早く戻ってこないかと気も狂わんばかりの思いをしている事でしょう。ねえ、キヨアキ。もう他の獣を撫でようなんて考えてはいけませんよ。毛繕いは大事な愛情表現の一つなんですから」

　愛情表現？　だからグレンはリュドヴィックを撫でたいと言った時、怒ったのか？　いやそれより、加島に気を付けろと言ったのはだからだったのか！

　家に戻ると、グレンはもう中庭に出ていた。黒い皮の服を着込み、剣を負っている。

「遅いぞ。魔力はもう満ちている」

　不機嫌なグレンに、リュドヴィックは従順に頭を下げた。

「申し訳ありません」

　手早く用意してあった肩掛け鞄を斜めがけにする。鞄の中には聖明がリュドヴィックに買ってやった服や紅茶が入っていた。

「ではお世話になりました」

「あのこれ、お土産」

聖明がソーセージの入った包みをグレンに渡すと、嬉しそうな顔もせず無造作にリュドヴィックに押し付けた。リュドヴィックが包みを肩掛け鞄の中に押し込む。

「ありがとうございます。では」

荒れた庭の中央まで進み、リュドヴィックは夜空に白い手を伸べた。グレンも剣を抜き、リュドヴィックに向かって構える。

黒い刀身が青白い燐光を放ち始めた。

不思議な力《エネルギー》が大気に満ち始めたのを感じ、聖明はシロがいる縁側まで下がる。

肌がちりちりした。月の光が質量を持って降り注ぐのを感じる。

やがてリュドヴィックの長い髪が宙に浮かび始めた。まるで水中にいるかのように、緩やかに流れ、渦を巻く。

リュドヴィックの唇が開き、動く。

声は聞こえなかった。リュドヴィックの姿は急激に曇り硝子の向こうにいるかのように不明瞭になりつつある。

波紋が広がるように存在が揺らぎ、そうして唐突にリュドヴィックは消えた。

後には聖明と——グレンが残っていた。

剣を構えたグレンの存在はいささかの揺らぎもない。ただ剣が青白く光っていただけだ。

「あれっ」

グレンが構えを解き、剣を鞘に納めた。

「グレンは……？」

「俺は、帰らん」

つかつかと近付いてきたグレンが剣を縁側に置き、ブーツを脱ぎ始める。

「な、なんでっ？」

「キヨアキがここにいるからだ」

「――どういう意味だ？」

シロが近寄ってきて剣の匂いを嗅ぎ始めた。

「連れていこうかとも思ったが、キヨアキは俺の世界では生きてはいけまい。なら俺がここに残るしかない」

「帰って戦争しなきゃなんないんじゃなかったのかよ」

「その為に、考えられるありとあらゆる策をリュドヴィックに授けた。また月が満ちれば行き来は可能、手は打てる」

「でも――なんで！」

何の為にグレンは残ったんだ？

　聖明は食い下がった。なんとなく予想はつくが、ちゃんとグレンに言葉にして欲しかった。

　グレンがうっそりと顔を上げる。すぐ隣に座っているのに更に躯を傾げ、至近距離から聖明の目の中を見つめる。

「キヨアキが俺の唯一の伴侶だからだ」

　黒い瞳に引力を感じた。引き込まれて、押しつぶされてしまいそう。

　でも、そんなの、嘘だ。

「でもおまえは俺なんか好きじゃないんだろ⁉　誘惑されたから発情して、ヤっちまっただけなんだろ……⁉」

　グレンが少し首を傾けた。

「そんな風に、思っていたのか？」

「あんたがそう言ったんだろうが！」

「そんなつもりでは、なかった」

「じゃあ、どんなつもりだったんだよ」

　グレンの瞳が物憂げに伏せられる。

「俺は悩んでいた。俺は向こうに戻ってアシル王を助け、オーレリーの仇《かたき》を取らねばならない。キヨアキを俺の世界に連れ帰ろうかとも考えたが、雄同士でつがうなど前代未聞《ぜんだいみもん》だし、キヨアキは弱い。置いていくのが正しいのだと思ったのだが——思い切れなかった」

では、やはりグレンはさよならを言うつもりだったのだ。

グレンの口元に苦い笑みが生まれる。

「リュドヴィックにどうすべきか迷っていると言ったら、笑われた。つがいとなった者と離れられる訳がないだろうとな。幸い俺はキヨアキと違って、犬としてこの世界で生きてゆける。俺が残るのが筋だろう」

「グレン」

距離が、詰まる。聖明はにじり寄ってきたグレンに捉えられ、抱き締められた。有無を言わさぬ腕の力強さに、目の奥が熱くなる。

「キヨアキ。俺はずっと一人で生きてきた。そして死ぬまで一人なんだろうと思っていた。こんな風に他人と触れあえる日が来るなんて、考えた事もなかった」

親が殺されてから、グレンは変わったのだとリュドヴィックは言っていた。

同じような目にあった俺にはなんとなくわかる。家族が殺されたら何もかもが変容する。世界は希望になど満ちていない。あくまで無慈悲《むじひ》で、至る所に見えない牙を隠している。漠然と安全だと思っていた世界に裏切られ聖明はなげやりになったが、グレンは多分、逆に守りを固めたのだ。二度と足下をすくわれ傷つかぬよう、用心深く鎧をまとい、亀のように自分の殻の中に閉じこもって。

「キヨアキには、悪い事をしたと思っている。俺たちの感覚はキヨアキ達より鋭い。キヨアキ達は恋をすると言葉で求愛するようだが、俺たちは食べ物や細かな仕草、視線、それから気配でサインを送る。キヨアキは狼族ではないし、〝好き〟の境界も不明瞭だ。単に俺の毛皮を愛でるのが好きなだけなのかもしれないと思いはしたのだが、俺はキヨアキのサインに発情してしまった。自分を抑えられなかった」

「……それが俺の誘惑か」

「そういう言い方をしたのは悪かった。俺は欲望に屈した自分が腹立たしかったのだ。だがきっかけは何にせよ、キヨアキを選んだのは俺だ。雌が発情しているのを感じ取れば、狼の雄は引きずられ発情するが、我々は獣ではない。衝動にあらがう事ができる。誰彼かまわず交尾したりはしない。キヨアキだったから、俺がキヨアキを欲しいと思ったから、誘惑に負けたんだ」

聖明は息を詰め、グレンを見つめた。

「すまない、キヨアキ。狼族はヒトと異なり、しつこい。一度こうと決めたら曲げられない。おまえが厭だと思っても、俺はもうおまえの傍を離れる事はできない。死ぬまで、ずっとだ」

死ぬまで。ずっと。一緒に。

――なんて甘美な言葉なんだろう。

「好きだ、キヨアキ」

耳元で囁かれ、聖明は泣きそうになった。

ずっと一人で取り残される日が来るのを恐れていた。だがもう、何の心配もいらないらしい。それなら聖明には他に何の望みもない。

「俺も、好きだ。ずっと帰る気なんだと思っていたから、苦しかった。残ってくれて、嬉しい」

「キヨアキ……っ！」

きつく掻き抱かれ、唇を吸われる。大きな躯にのしかかられ、背中が板張りの廊下につく。視界の端に勢いよく振られる尻尾が見えた。

思う様舌を絡め、互いの存在を確かめあう。

好きだ。好き。

「ん、ふ……」

最後にぺろりと聖明の唇を舐めキスを終わらせると、グレンはぶつぶつといつもの呪文を唱え始めた。

「え、ちょ……っ」

手はその間もせわしなく動き、聖明を裸に剥こうとしている。

満月の光が差す縁側は、薄闇に慣れた目に昼間のように明るい。誰もいないとはいえ、こんな所でヤるのには抵抗がある。

「待て、グレン！　こんな所でンないやらしー魔法、使うな！」

必死に足をつっぱり、グレンの躯の下からずり上がろうとしながら抗議すると、ひくりとグレンの耳が揺れた。

「いやらしくなどない。これは単に、心と躯の繋がりを強める魔法だ」

ジーンズが下着ごとずり落とされる。

「なんだ……っ、それ……っ」

露わになった腹を、グレンが愛おしげに舐めた。

触れられるだけで、ぞくぞくする。

両手で頭を押し引き剥がそうとするが、グレンはしっかりと腰骨を両手で掴み、聖明を離さない。

「生き物の躯が心に強い影響を受ける事くらい、キヨアキも知っているだろう。心が弱っている時は病気になりやすいとか、いざという時に思わぬ怪力を発揮できたりとか。だが普段、躯はそこまで心の言う事を聞かない。これはただ躯を従順にするだけの魔法だ。今、キヨアキの躯はキヨアキの心をそのまま反映している。たとえばキヨアキが何が何でも俺に抱かれたくないと思えば蕾は閉じ、どんな力を用いても犯す事はできないだろう。その逆にキヨアキが俺を求めているなら、躯は受け入れやすいよう柔らかくほどける」

「嘘だろ……っ」

じゃあ聖明が厭だと思えば、グレンは突っ込む事すらできなかった筈だと言うのか？

いつもあっさりできて気持ちよくなってしまったのは、聖明自身グレンを求めていたって事で、でもってそれは、グレンに丸わかりだったって事か!?

「指を入れてみるぞ、キヨアキ」

「まッ、待てッ、ま、う……っ」

太いグレンの指を、聖明の後ろは簡単に呑み込んだ。潤滑剤など何も付けていないのに、ぬるりと滑りがいい。

「キヨアキはいつも俺を歓待してくれる」

「嘘だっ、嘘……っ」

後ろに埋められた指が、ゆっくりと内壁を掻く。

粘膜のどこに触れられても気持ちがいい。

聖明は思わず腰を浮かせ、喉を反らした。

「……あ……」

「キヨアキ」

グレンが身を屈め、聖明の胸元に顔を擦り寄せる。ぷつりと膨らんだ小さな粒に気が付くと、尖った犬歯を軽く立てた。

「あ、グレ……っ」

両手でグレンの髪を掴むと、少し目元を笑ませ、シャツの上からそこを舐め始める。

薄いシャツ越しの刺激がたまらない。グレンは聖明の胸を責めながら、躯の奥に埋めた指をも動かし続けている。何の引っかかりもなくぬるぬると蠢《うごめ》く指は、聖明がグレンを求めている証拠だ。

恥ずかしい。

逃げ出したい気持ちと裏腹に、聖明の躯はグレンの愛撫にどうしようもなく高ぶっていく。

触れられてもいないペニスがゆるゆると首をもたげ始めた。

「グレン、だめだ、こんな所で」

シロはまだ縁側でくつろいでいる。

最近ろくに手入れをされず荒れ始めている庭は、月明かりに照らされ明るい。縁側にいる聖明たちにも満月の光は降り注いでいる。誰かいれば、何もかもが見えてしまう。覗くような人などいる場所ではないが、それとこれとは話が別だ。こんなに開放的で見通しの良い場所でセックスするなんて、落ちつかない。

だがグレンにはやめる気などないようだった。

躯の内側を犯す指は二本に増えている。

「何が、厭だ？　ここは明るくて、キヨアキがよく見える」

唾液で濡れたシャツの下に、朱鷺《とき》色が透けている。執拗に嬲られ堅くしこってしまったそれをいじめるのが、グレンは楽しくてならないらしい。

「あ、う……っ」

唇で挟まれ、きゅうと吸い上げられ、聖明はグレンの髪をかき乱した。

男なのに、そこをいじられる度、切ない疼きが腰へと走る。

「だめだ、グレ……っ」

「キヨアキのココはだめだと言っていないぞ」

ぐ、と躯の内側を押され、聖明はおののいた。

内壁がびくびくと震え、更なる刺激をねだっている。

グレンの言うとおり、聖明の躯は厭がっていない。それどころかもっと欲しいと、早く満たされたいとせっついている。

躯の奥までグレンで埋めて欲しい。

その圧倒的な存在感で、確かにここにいるのだと、死ぬまで傍にいるのだと、実感させて欲しい。

そう思ったら、きゅうっと後ろが締まり、グレンの指を締め付けた。

「あ、あ、ん……っ、グレ……っ」

いきりたったペニスの先端からとろりと蜜が滑り落ちる。

このまま、指だけでイってしまいそうだ。

聖明の中を愛撫していた指が急に引き抜かれた。膝立ちになったグレンが服を脱ぎ始める。

聖明も残っていたシャツのボタンを震える指で外した。

つんと立った胸が露わになる。

「後ろから、したい」

上着を廊下に投げ出しながらグレンがねだる。

獣のように交尾をしたいという求めに応じ、聖明はひんやりとした廊下に両手と両膝を突きグレンに尻を向けた。そうするとグレンが見えないせいでひどく心許《こころもと》ない気分になる。

不安な気持ちで待っていると、また服が落とされる音がし、腰にグレンの手が添えられた。

「もっと膝を開いて」

恥ずかしかったが、聖明は肩幅程に開いていた膝を更にずらして開いた。

「腰を反らして、ここを突き出すような感じに――そうだ」

入れてくださいとばかりに差し出された蕾を親指の腹で軽く撫で、グレンは両手で聖明の尻を掴む。感触を楽しむように戯れた後、両の親指が蕾の脇に添えられた。

ぐ、と入り口が押し広げられる感覚に、聖明はきつく目を瞑る。

躯の内側まで、グレンに見られている。

躯が、ざわざわする。

とろりと透明な蜜が糸を引き足の間に落ちた。高ぶった躯がはしたなく蜜をこぼすのを止める事ができない。

羞恥に震える尻に、湿ったモノが押し付けられる。そうして——太いモノが聖明の中を押し開きながら入ってきた。

その感覚だけで腰が抜けそうだった。

グレンがこんなにも堅くなって、自分を求めてくれている。それが、嬉しい。

長大なモノが納まると、腹の中でソレが脈打っているのが感じられる気がした。

待ちに待ったモノを与えられ、聖明は深く息を吐く。

グレンが動き始めた。

はじめは聖明の様子を確かめるようにゆっくりと、徐々にピッチを上げて激しく突き上げてくる。

「あ……あ、あっあっ、あ、……あ!」

外気を感じながら獣のように荒々しく犯され、聖明は淫らな声を漏らすのを止められなかった。

我慢しようとしても、突き上げられる度、声が出てしまう。それに煽られるのだろうか、グレンがまた猛り、聖明を責め上げる。

太いモノで擦り上げられる度こみ上げてくる愉悦に、聖明は壊れそうだった。躯に力が入らない。ぐずぐずと崩れそうになる腰を、グレンが掴み引き上げ、尚も犯す。

肘が折れてしまうのはどうにもならず、聖明はいつの間にか尻だけをかかげた格好になっていた。

「あ、グレ……っ、グレン、イく。もう、イく……っ」

板張りの床に爪を立て聖明は達した。強烈な快楽に気が遠くなる。

全身を硬直させグレンを締め付けながら廊下に白濁をまき散らすと、煽られたのだろう、グレンも聖明の腰に爪を立てた。躯の中で熱いモノが迸《ほとばし》るのを感じる。

気持ち、いい。

弛緩した聖明の中からグレンがずるりと出て行く。

背中からぎゅっと抱き締められると幸せな気分になり、笑みが零れた。

ひんやりとした廊下の感触が気持ちいい。寝そべったまま、魔力の源である真円を見上げる。

うなじや肩を舐めたがるグレンのされるままになりながらゴロゴロしていると、縁側の端で身繕いしていたシロが近付いてきた。鼻先を寄せ、聖明の顔を舐めようとする。

途端に後ろから手が伸びてきて、シロの顔を後ろに押しやった。

ふぎゃ、とシロが不明瞭な声を発する。聖明は慌てて後ろにべったり張り付いていた男を振り返った。

「何するんだ、グレン」

「だめだ、舐めるな。キヨアキは俺のだ」

起きあがったグレンは牙を剥いてシロを威嚇している。

――ただの猫相手にバカじゃなかろうかこの男は。

「アホかあんたは。シロが可哀想じゃないか。なあ、シロ。ごめんな、びっくりしたな。おいで」

尻尾をぴんと立て怒っている猫に手を差し伸べようとして、聖明はいきなり抱え上げられた。

「ちょ、おい、グレン！」

グレンは聖明を抱き上げたまま、物も言わずに寝室に運んでいく。

なんだこれは。こいつは、誰だ。グレンはそっけない孤高の狼じゃなかったのか？

それとももしかして、狼ってこれが普通なんだろうか。あるいは今までリュドヴィックがいたから抑えていた？

まあ――いいけど。

敷きっぱなしになっていた布団の上掛けを足で蹴って剥がすと、グレンは裸のままの聖明をそっと下ろした。

ついでにご機嫌をとるように鼻先を舐めまくられ、聖明は閉口する。

「うわ、もう、いいよ。こら、いいって。ったく、ほらもう寝るから、やめろ。あんなトコでやるから躯が冷えちまったよ」

すでに汗は引いていた。

慣れない体勢でそれなりに激しい運動をした躯は疲弊し、休息を欲している。乱された上掛けを引っ張り上げようとしていると、グレンが獣型へと変身し、聖明の布団に潜り込んだ。暖めてくれる気らしい。

「おまえなあ……」

怒られた事を気にしているのだろう、うなじに鼻先を押し付けてくる。肌に直接当たるつやつやもふもふの毛並みが心地いい。

聖明はふかふかの毛皮で覆われた首に両手を回した。胸毛に顔を押し付け、その感触を堪能する。

うーん、幸せ。

グレンにこの姿になられると、聖明は怒りを持続できない。

強くて綺麗な獣。

明日からもずっとこいつは聖明と一緒にいてくれるのだ。
そう思うと鼻の奥がつんと痛み、涙がこみ上げてきた。
――俺はもう、一人じゃない。
聖明は両手でグレンの長い毛足を握り締めた。

■あとがき■

こんにちは。成瀬かのです。

この度はこの本を手にとってくださってありがとうございました！

今回は逆異世界トリップのもふもふです。

こっちからトリップするのではなく、あっちからトリップしてきます。

無骨でおっかないのに情が深い、しかもケモミミという私的には最強な攻を書かせていただきました。

こちらの世界のお話なのであまり触れませんでしたが、グレンの世界は物理法則や世界の成り立ちなどが根底から全く違います。世界は平らで、果てまで行くと深淵に落ちてしまいます。

騎士という表現を使っていますが、グレンたちがシルヴァで乗っているのは馬ではなく爬虫類系です。恐竜みたいなの。

国は縄張りというくらいですからそう大きな規模ではなく、王様は大変フレンドリーです。グレンを大変気に入っているので、遠からず嫁を見物に来るものと思われます。そしてグレンをいじる。

小説ショコラWEBに載せていただいてから結構間が空いたので、懐かしいと思いつつあちこち手を加えてしまいました。

挿絵を描いてくださった円陣闇丸先生、素敵なグレンと聖明をありがとうございました！　キャララフいただいた段階でもう萌え転がっておりました。迫力のある絵で文庫にできて本当に嬉しいです。

ちなみに電子雑誌掲載時には宝井さき先生に、また別の魅力がある二人を描いていただきました。一つの作品でお二方に絵を付けていただけて、得した気分です。

それでは次の本でもお会いできる事を願いつつ。

成瀬かの

http://karen.saiin.net/~shocola/dd/dd.html

初出
「獣の理」
小説ショコラweb vol.1(2011年4月)、vol.2(2011年7月)掲載

CHOCOLAT
BUNKO

この本を読んでのご意見、ご感想をお寄せ下さい。
作者への手紙もお待ちしております。

あて先
〒171-0021東京都豊島区西池袋3-25-11第八志野ビル5階
(株)心交社　ショコラ編集部

獣の理

2013年11月20日　第1刷

著　者:成瀬かの
発行者:林 高弘
発行所:株式会社　心交社
〒171-0021　東京都豊島区西池袋3-25-11
第八志野ビル5階
(編集)03-3980-6337 (営業)03-3959-6169
http://www.chocolat_novels.com/
印刷所:図書印刷 株式会社
